MW01165319

La memoria

1096

Antonio Manzini

L'anello mancante
Cinque indagini di Rocco Schiavone

Sellerio editore
Palermo

2018 © Sellerio editore via Enzo ed Elvira Sellerio 50 Palermo
e-mail: info@sellerio.it
www.sellerio.it

I racconti riuniti in questo volume sono apparsi per la prima volta nelle seguenti antologie:
La crisi in giallo, 2015 («L'anello mancante»); *Turisti in giallo*, 2015 («Castore e Polluce»); *Il calcio in giallo*, 2016 («... e palla al centro»); *Viaggiare in giallo*, 2017 («Senza fermate intermedie»); *Un anno in giallo*, 2017 («L'eremita»).

Questo volume è stato stampato su carta Palatina prodotta dalle Cartiere di Fabriano con materie prime provenienti da gestione forestale sostenibile.

Manzini, Antonio <1964>

L'anello mancante : cinque indagini di Rocco Schiavone / Antonio Manzini. - Palermo: Sellerio, 2018.
(La memoria ; 1096)
EAN 978-88-389-3808-5
853.914 CDD-23   SBN Pal0306073

CIP - *Biblioteca centrale della Regione siciliana «Alberto Bombace»*

L'anello mancante

Cinque indagini di Rocco Schiavone

Queste cinque storie sono state pubblicate negli anni sulle fortunate raccolte di questa casa editrice. Per amore di precisione mentre le cinque indagini romane della scorsa antologia erano racconti che temporalmente precedevano Pista nera *(il primo libro di Rocco), queste invece narrano fatti posteriori a quel romanzo, quando ormai Rocco è ospite coatto della città di Aosta. Rileggendole mi sono reso conto che si sono inserite nelle pieghe del tempo narrativo. Mi spiego meglio. I libri di Rocco marcano l'evoluzione, o involuzione, psicologica esistenziale e temporale del vicequestore. Il tempo scorre, evidente, con gli acciacchi, i problemi, la sua storia personale. Introdurre quindi delle storie sganciate dal flusso narrativo delle vicende personali del vicequestore è stato complicato. È come se piccoli episodi della sua vita si fossero incistati sul grande libro di Rocco Schiavone, perché così considero la serie di romanzi, capitoli facenti parte di un'opera unica. Ho dovuto quindi pensare a una sospensione temporale dove piantare questi racconti, che a volte risentono dell'influenza dei libri a loro contemporanei a volte no, come per esempio «... e palla al centro». Mi rendo conto che mi sono divertito come un*

ragazzino coi trenini elettrici, la speranza è quella di re-
stituire al lettore anche solo una piccola parte della gioia
che queste storie mi hanno regalato.

A. M.

L'anello mancante

Aprì lo sportello della credenzina di alluminio dove si conservavano le chiavi delle cappelle private. Gli impiegati che lo avevano preceduto negli anni avevano suddiviso il cimitero in zone. Zona A, alla quale corrispondeva il mazzo di chiavi numero 1. Zona B numero 2, e così via, fino alla zona F, la più antica del cimitero, dove ci si sarebbe aspettata la chiave numero 6, e invece la chiave era segnata con il numero 7. Il perché non ci fosse il numero 6 restava oscuro ad Alfonso Cibruscola, guardiano in forze dal 1994. Ci aveva riflettuto sopra nelle lunghe giornate grigie e noiose in compagnia di sepolture e nuvole basse, ed era arrivato alla conclusione che non si trattava di una semplice dimenticanza, ma di una forma di scaramanzia verso il numero 6 che ripetuto per tre volte avrebbe forse regalato alle chiavi un potere magico e sinistro, quello di aprire non le porte delle cappelle ma della sostanza malefica del mondo.

Il mazzo numero 7 non era nella credenzina. «Uffa...» mormorò fra i denti, e cominciò a cercarlo fra i cassetti della scrivania e i ripiani della piccola libreria dell'ufficio. D'altra parte le chiavi della zona F, angolo remoto del camposanto dove raramente parenti o affini andavano a fare visita ai propri cari, non venivano mai richieste. La maggior parte delle famiglie che riposavano lì s'erano estinte, e molti defunti non avevano più nessuno che andasse a dare una spolverata alle lapidi, a cambiare l'acqua ai vasi e a dire un paio di preghiere il giorno dei morti. Dopo dieci minuti Alfonso trovò il mazzo dimenticato in fondo a un cassetto, nascosto dietro le ricevute di un vivaio. «Oh, finalmente!» esclamò prendendo il cerchio di ferro con le chiavi lunghe e brunite dal tempo.

Fuori lo aspettavano i due muratori del Comune che masticavano una gomma americana perfettamente accordati nel rumore e nel movimento. «Andiamo, gente!» gli disse e si incamminò. I due operai abbassarono la testa, presero i loro attrezzi e seguirono Alfonso lungo il vialetto bordato dai cipressi. Il vento di fine settembre s'era calmato e il freddo sembrava voler dare una tregua alla città.

«Ci spieghi quello che dobbiamo fare?» disse Maurice, il più anziano dei due, con un naso enorme e rosso come una rapa bollita.

«Dobbiamo traslare il corpo di Veronica Guerlen Bresson dalla cappella di famiglia del marito nella zona F a quella dei Brionati, nella zona B».

«Ma i documenti e tutto il resto? Mica mi voglio prendere una denuncia» disse il più giovane.

Alfonso si bloccò in mezzo al viale. «Ma sei scemo, Damiano? È chiaro che c'è tutto. Le firme, gli atti e compagnia cantando. Oh! Il primo a prendersi una denuncia sarei io! E comunque, il direttore Asl ha chiamato e non viene, il sindaco non richiede la presenza di cittadini, a parte noi tre. Quindi diamoci una mossa».

Ripresero il cammino. Unici rumori i passi nella ghiaia, i ferri che sballottolavano dentro le cassette degli attrezzi, le mandibole che biascicavano le gomme americane. Lì la città non si sentiva più.

«Che poi vorrei sapere…» riprese Damiano, al quale era evidente fosse la prima volta che capitava una cosa simile, «perché dobbiamo spostare il corpo da una cappella a un'altra?».

«Mah… io so solo che dobbiamo trasferire la signora Veronica Guerlen Bresson».

Arrivarono alla zona F del cimitero. Muschi e licheni avevano preso il sopravvento sulle scritte delle lapidi in pietra, tanto che a guardare la prima tomba a stento si riusciva a leggere «QUI GIAC… GIOV… DUP… 182.-..74».

Superarono il primo gruppo di sepolture, girarono l'angolo e giunsero a un vialetto cieco che terminava con due cappelle. Alfonso si avvicinò a quella di destra, costruita a imitazione del Tempio della Concordia. A terra davanti all'ingresso, c'era una rosa bianca. Alfonso scosse il capo, si chinò, raccolse il fiore per lanciarlo dietro un cespuglio di bosso. «Io vorrei sapere chi mette queste rose qui davanti. Ogni mese ce n'è una!» e infilò la chiave nella serratura. Forzò un poco, diede tre giri grattando ruggine e polvere dei meccanismi poco oliati e infine il cancello di ferro nero cigolando si aprì. Dentro la cappella c'erano sei tombe. Tre a destra più recenti, una per defunto, e tre a sinistra che invece contenevano ciascuna quattro ospiti della famiglia. Erano gli avi, le cui ossa erano già state estumulate e rinchiuse in cassette più piccole. Al centro, sotto una finestrella tonda, un piccolo altare sul quale poggiavano tre vasi di marmo vuoti. Avrebbero dovuto contenere fiori, ma quel luogo non veniva visitato da anni. Stava cadendo a pezzi e Francesco Guerlen Bresson, l'unico superstite dell'antica casata, se ne sbatteva dei suoi defunti. A destra, sul marmo della sepoltura centrale, una scritta dorata recitava: «Qui giace Veronica Guerlen Bresson. Amata moglie, amata madre. 1920-1983». Sopra la tomba dell'amata moglie e madre c'era quella dell'amato padre, Carlo Guerlen Bresson, 1918-1993. Nelle altre c'erano i Guerlen Bresson dei secoli passati. Si andava da un Didier morto nel 1840 a una Marianna che s'era spenta nel lontanissimo 1798. Tre secoli di morti. Damiano e Maurice posarono i secchi e la cassetta degli attrezzi a terra. Alfonso invece bussò sulla lapide di Veronica.

«Quanto ci mettete ad aprirla?».

Maurice si avvicinò a controllare. «Dieci minuti» e prese martello e scalpello per menare i primi colpi.

«Vabbè, allora io vado a controllare l'altra cappella dove dobbiamo traslare il corpo. Mi raccomando, appena aperto non toccate niente! Devo essere presente io».

«E non ci dovrebbe essere anche un parente?» fece Damiano.

Alfonso sorrise: «Ancora? Ti ho già detto che il figlio ha firmato tutti i documenti».

«Non gliene frega niente che gli spostiamo la madre?».

«Pare di no».

Il guardiano lasciò i due muratori al lavoro. Il primo colpo di Maurice rimbombò fra le tombe disturbando l'eterno riposo.

Gli operai avvolsero una corda intorno alla lastra di marmo ormai scalzata dal suo alveo e lentamente la tirarono fino a depositarla a terra fra le schegge di cemento e stucco. Ora bisognava estrarre la bara di Veronica. Damiano e Maurice asciugandosi il sudore guardarono il tumulo appena scoperto. Qualcosa non andava. Adagiato sulla bara di Veronica Guerlen Bresson c'era il corpo di un uomo. Vestito in giacca e cravatta, scarpe coi lacci e un anello al dito anulare. I due operai si scambiarono un'occhiata. «È... è normale?».

«Mi sa di no. Anche perché questo sulla bara non può essere Veronica. Ha i pantaloni» osservò astutamente Maurice. I due non riuscivano a staccare gli occhi da quello spettacolo.

«E poi pure se fosse stata la signora, cosa che non è, dovrebbe stare dentro la bara, non fuori a prendere aria, no?».

«Allora avete fatto?» chiese Alfonso entrando nella cappella. Maurice quasi divertito indicò la bara nera e ammuffita di Veronica con quel corpo sconosciuto sdraiato sopra.

«Ma che...?» disse il guardiano. Si avvicinò. « E questo?». Poi si mise le mani nei capelli. «E adesso?».

«E adesso?» urlò Rocco Schiavone guardando il telefono che continuava a squillare. «Chi è che spacca di prima mattina?».

Fino a quel momento il vicequestore se l'era presa comoda con la solita operazione sveglia-doccia-colazione al bar-canna mattutina, e gli era sfuggito il senso del tempo. Le dieci erano già suonate da un pezzo. Alzò la cornetta. «Schiavone!».

«La disturbo? Sono De Dominicis...».

Era il padrone di casa di rue Piave. «Ah, mi dica...».

«Senta, mi dispiace chiamarla in ufficio, però l'inquilino del piano di sotto lamenta una perdita sul soffitto in corrispondenza del suo bagno. Lei per caso ha lasciato l'acqua aperta?».

«No. Non credo».

«Potrebbe fare un salto?».

Rocco alzò gli occhi al cielo. Era arrivato ad Aosta da neanche tre settimane, e se questi erano gli inizi del rapporto col padrone di casa urgeva cercare una nuova sistemazione. «Ascolti, mi trova nel mezzo di una situazione difficilissima. Sono qui in riunione con l'assessore alla viabilità per la focalizzazione del meccano-ricettore».

«Capisco» rispose incerto De Dominicis.

«Lei ha le mie chiavi. Le chiedo la cortesia di salire a dare un'occhiata».

«Va bene... lei conosce un idraulico?».

Che palle, pensò Rocco. «A Roma ne conoscevo trentadue. Qui ne sono sprovvisto».

«Le dispiace se faccio venire il mio?».

«Ma si figuri. La parcella la intesti pure a me. Faccia come se fosse casa sua. Che poi, detto fra noi, quella è casa sua».

«Infatti. La ringrazio».

«Sono io che ringrazio lei» e abbassò il telefono. Neanche il tempo di staccare la mano dall'apparecchio e bussarono alla porta. Rocco sniffò l'aria. L'odore della cannabis era troppo presente. Si alzò per andare ad aprire la finestra. Una bava di sole illuminava la città. «Non ti sprecare, eh?» disse rivolto all'astro celeste, poi a passi lunghi e regolari si avvicinò alla porta. Era D'Intino.

«Che vuoi?».

«Ci sta un problema».

«Di che si tratta?».

«Hanno trovato un cadavere sopra a un altro».

Rocco fece un respiro profondo. «No, D'Intino, non ce la posso fare. Non parlare, stai zitto e mandami subito Pierron».

«Non ci sta. S'ha pijato lu giorno libbero».

«Caterina Rispoli?».

«La vice s'è pijata la giornata libbera pure lei».

Stronzi, pensò Rocco. Gli unici due colleghi con un po' di sale in zucca avevano approfittato di quei pochi raggi di sole smunto per prendersi una giornata di ferie. In quelle poche settimane aveva imparato una cosa di quella città: i suoi abitanti sfruttavano qualsiasi spicchio di sole fuori stagione, coscienti che per mesi avrebbe potuto essere l'ultimo.

«Chi c'è allora in quest'ufficio dimenticato da Dio e dagli uomini?» urlò.

«Ci so' io, Deruta, Casella...».

«Annamo bene... Allora, ripetimi la cosa con calma».

«Come le so detto, ci sta un cadavere sopra un altro».

«Che cazzo vuol dire, D'Intino? Che significa c'è un cadavere sopra un altro?».

«Così m'hanno riferito. Che è strano pure per me. Comunque ci stanno 'sti due cadaveri accavallati».

«Procediamo con calma. Dove sono questi cadaveri ammucchiati?».

«A lu cimitero».

«E questo cadavere sopra l'altro dov'è esattamente?».

«Nella bara. Uno. L'altro sopra la bara».

«Ci sono due cadaveri uno nella bara...».

«E uno fuori».

«Facciamo una cosa. Andiamo a vedere al cimitero. Famo prima».

«Io veramente sto ancora convalescente...».

Rocco annuì. Lento chiuse la porta in faccia a D'Intino. Andò all'attaccapanni, prese il loden, tornò alla porta ed aprì. L'agente abruzzese stava ancora lì. «Vattene» gli disse.

«Dove?».

«Dove ti pare. Ma levati dai coglioni! Vado da solo».

Lo superò e attraversò il corridoio a passi veloci. In

portineria c'era Casella, l'agente che superava di qualche decimale il QI di Deruta e D'Intino.

Meglio che niente, pensò. Decise di portarsi lui. «Casella, che fai in portineria?».

«Sono di turno».

«Mettici D'Intino e vieni con me. T'aspetto in auto».

«Grazie, dottore!» e il poliziotto si alzò di scatto felice di lasciare l'angusto ufficetto della portineria.

Alfonso Cibruscola andò subito incontro ai due poliziotti. Pallido in viso, gli occhi cerchiati, i capelli neri ormai diradati sulla sommità del cranio, magro, ma con un'epa prominente dovuta all'eccesso di carboidrati e di birra.

«Cazzarola» disse Casella sottovoce al vicequestore, «sembra uno della famiglia Addams!».

«E che vuoi fare? Si finisce per somigliare al proprio lavoro. Questo sta coi morti tutti i giorni...».

«Io e lei, dottore, a cosa somigliamo?».

«Meglio che non te lo dico».

L'uomo in nero li aveva raggiunti. «Piacere, Alfonso Cibruscola, sono il responsabile comunale del cimitero».

«Schiavone. Posso vedere di che si tratta?».

«Certo, certo, venga. È nella zona F, la più antica». Fece strada. C'era un buon odore di cipressi e di resina, le automobili non si sentivano più. Solo i passi sulla ghiaia.

«L'abbiamo trovato stamattina. Dovevamo fare un'estumulazione. Siamo andati ad aprire il tumulo e ci si è presentata la sorpresa».

Rocco si accese una sigaretta. «Perché dovevate traslare un corpo?».

«Dovevamo portare il corpo di Veronica dalla cappella dei Guerlen Bresson a quella della famiglia Brionati».

«Perché?».

«Disposizioni testamentarie. L'ingegnere Gustavo Brionati, deceduto un mese fa, ha lasciato nel testamento la volontà, accompagnata da una lettera olografa della Veronica Guerlen Bresson, di voler riposare accanto alla donna per l'eternità».

«Ma pensa un po'...» sospirò Rocco seguendo il guardiano del cimitero. «E la famiglia della defunta?».

«Non si è opposta. Che poi famiglia si fa per dire. In realtà c'è solo il figlio, Francesco. E non gliene frega niente di dove mettiamo sua madre. Prego, siamo arrivati».

Seduti su una panchina fuori dalla cappella c'erano Damiano e Maurice. Fumavano, e salutarono con un gesto i poliziotti. «L'hanno trovato loro» disse Alfonso indicandoli. Rocco entrò nella cappella Guerlen Bresson. Nel tumulo centrale, appena aperto, c'era una bara nera, ammuffita e squarciata di lato. Sopra la bara il corpo di un uomo in avanzato stato di decomposizione vestito di tutto punto. Una giacca verdognola, colore forse dovuto alla presenza di funghi e parassiti, un paio di pantaloni più chiari, scarpe coi lacci e calzini.

«Che ci fa un cadavere su una bara?» chiese Rocco a se stesso.

«Non lo so» rispose il guardiano.

«Non lo chiedevo a lei».

«L'ha detto ad alta voce, credevo stesse...».

«Casella, chiama Fumagalli. Digli di venire. Abbiamo bisogno di lui...».

L'agente afferrò il cellulare e uscì dalla cappella.

«Ma cosa dice il diritto su questa cosa?» chiese il guardiano.

«Mah... Lei sa meglio di me che le estumulazioni vengono fatte quando scadono le concessioni oppure quando un discendente ne fa istanza. Ma parliamo di un corpo sepolto con tanto di nome e cognome. In questo caso io chi sia quel signore lì sopra proprio non lo so. E glielo dico francamente, è un problema che si prenderà sul groppone il giudice Baldi».

Alberto Fumagalli se ne stava chino a osservare quel cadavere in giacca e cravatta adagiato su una bara non sua. Decise di aver trascorso davanti alla sepoltura violata un tempo sufficiente e uscì dalla cappella. Raggiunse Rocco che fumava guardando il cielo. Dalla prima volta che s'erano incontrati avevano deciso di non salutarsi. Nessuno dei due ne aveva sentito la necessità. Forse per una somiglianza caratteriale, o forse solo per noia reciproca.

«Allora, caro vicequestore Schiavone. Non servo solo io. Il corpo è parecchio decomposto. Ha già dei bei pezzi di scheletro all'aria. Qui ci vuole anche un biologo forense».

«Ce l'hai?».

«Chiamo Mascini. È il migliore che conosca. Però sta a Torino, prima di domani non arriva».

«Non mi dici altro?».

«Certo. Si tratta di un uomo sopra il metro e settantacinque, due molari piombati. Per risalire all'età e al resto devo fare un po' di analisi».

«E sulla causa della morte?».

«Questo è un altro paio di maniche. Difficile rispondendo su due piedi. Ci devo studiare un po'. Ma ti avverto: ghiandole da esaminare non ne ho. Potrò dare un'occhiata se ci sono ferite sulle ossa, se l'osso ioide è a posto...».

«Se non lo fosse sarebbe strangolamento?».

«Cominci a darmi soddisfazioni, Schiavone. Vedi che piano piano a stare accanto ai geni si migliora? Per l'avvelenamento posso guardare quello che mi resta dei tessuti. Ma è passato del tempo. Insomma, non è semplice».

«Ma tu sei il numero uno e ce la farai, dico bene?».

«Togliti immediatamente quel sorrisino ironico dalla faccia, perché si dà il caso tu stia parlando con il numero uno. Anzi, direi numero due. Il numero uno rimane sempre il compianto professor Baronchelli. Pace all'anima sua!».

«Non era un ciclista, Baronchelli?».

«Ignorante, era il mio professore, cattedra di medicina legale, lui mi ha fatto innamorare del mio mestiere».

«Quindi ora sappiamo di chi è la colpa. Statti bene, io vado».

«Dove?».

«Dal giudice, a parlare coi parenti, hai presente quelle rotture di coglioni? Ecco, me le devo fare tutte. Ci vediamo». Si alzò, fece un cenno all'agente Casella che subito lo seguì.

«Però...» gli urlò dietro il medico. «Non vuoi sapere da quanto è sepolto lì dentro?».

«Perché, tu lo sai?».

«Un corpo in un tumulo per decomporsi ci mette una decina di anni. Questo a occhio e croce sta lì da un cinque anni. Poi coi tessuti, la giacca e i pantaloni, ti saprò dire meglio».

«Fumaga', sei tu il numero uno, senti a me, altro che quel Bitossi».

«Baronchelli!».

La residenza di Francesco Guerlen Bresson era presso l'Hotel Norden Palace, a corso Battaglione Aosta, vicinissimo alla questura. Rocco c'era passato davanti centinaia di volte. E ci aveva anche abitato i primi tre giorni del suo arrivo nel ridente capoluogo. Francesco stava in una camera al secondo piano insieme a Doriangray, un siamese di quattro anni.

«Cosa vuole? Sono solo, senza figli e senza famiglia. Stare in albergo è molto più comodo» aveva esordito Guerlen Bresson stringendo la mano di Rocco. Sessant'anni portati da schifo, pancia e gambe molli e grasse, barba incolta e un sospetto di riporto.

«Posso offrirle qualcosa?».

«No grazie, devo ancora pranzare».

«Quale motivo la spinge qui?».

«Si tratta di sua madre. Come saprà, oggi avrebbero dovuto fare l'estumulazione del corpo e portarlo in un'altra cappella».

«Sì, certo, lo so. Da Gustavo. E allora?».

«È successo che sopra la bara di sua madre abbiamo trovato il corpo di un uomo».

Francesco scoppiò a ridere. «Mi dica che non è vero!». Dovette sedersi sul divano per le convulsioni, la pancia rimbalzava gelatinosa. «Anche da morta? Roba da matti. Io pensavo che con il sonno eterno si sarebbe calmata, quel puttanone!».

Rocco sgranò gli occhi. Non aveva mai sentito nessuno chiamare la madre a quel modo. Anzi a Trastevere un appellativo del genere significava aprire una faida che si sarebbe conclusa solo dopo la morte dell'ultimogenito della quinta generazione di una delle due parti. «Cosa vuole dire?».

Francesco tossì, poi sembrò calmarsi. Fece un respiro e scuotendo la testa prese una sigaretta dalla tasca e se l'accese.

«Ma si può? Non c'è l'allarme?».

«No, in questa stanza l'ho fatto staccare. Vede, dottor...?».

«Schiavone».

«Schiavone. Ho perso mia madre che avevo trent'anni, ma mi creda, in tutta la mia vita l'avrò vista sei volte. Tre delle quali abbarbicata ad un uomo che non era mio padre».

«Capisco».

«No. Non può capire». Si alzò dal divano con qualche difficoltà e andò alla libreria dove riposavano decine di libri. Insieme alla scrivania ricolma di carte e soprammobili era l'unico tocco personale che Francesco aveva portato a quella stanza. L'uomo afferrò un volume enorme con la copertina di pelle, lo sfogliò e poi lo avvicinò al vicequestore. «Ecco, guardi qui».

Era una fotografia in bianco e nero che ritraeva una semidea in costume da bagno. Sotto, una scritta: «Forte dei Marmi, estate '58».

«Qui mamma aveva 38 anni. Che mi dice?».

«Era una donna bellissima».

«Per farle un esempio, io nel '58 avevo 5 anni. E non mi vedrà né qui né in altre foto, insieme a mia madre. Vede, lei si dava molto da fare. E io sono cresciuto con una tata russa. Che almeno mi ha insegnato una lingua. Vuole sentire come canto l'Internazionale?».

«Lasci perdere». Rocco restituì il librone a Francesco.

«Mamma ha avuto più amanti che capelli, e ha guardato bene la foto? La sua chioma era molto folta». Ridacchiò ancora fra sé. «Mio padre ne era molto innamorato. Però a un certo punto non ce la fece più, poveraccio. Si separarono. Quando mia madre passò a miglior vita, stava con l'ingegnere Gustavo Brionati. S'era calmata, aveva trovato un uomo discreto che la sopportava e la riempiva di attenzioni. Voleva sposarla, sa? Ma non lo fecero perché per motivi a me sconosciuti il divorzio fra papà e mia madre non arrivò mai».

«E questa storia del testamento?».

«Mah, che le devo dire? Una stronzata. Gustavo la voleva accanto a sé per il resto dei suoi giorni. È morto un mese fa e così oggi avrebbe concluso il suo viaggio d'amore con quel puttanone di mia madre. Chissà cosa starà facendo l'ingegnere adesso che l'avete trovata nella tomba con un altro!» e riprese a ridere. Gli occhi umidi sembravano pronti a schizzare fuori dalle orbite. «Mi tolga una curiosità, dottor...?».

«Schiavone».

«Dottor Schiavone, sapete chi è l'uomo acciambellato sul feretro di mia madre?».

«No, non lo sappiamo. E sinceramente non sappiamo neanche perché sia lì. E chi ce l'abbia messo».

«Roba da matti. Uscirà sul giornale?».

«Credo di sì».

«Bene! Così rinfreschiamo alla cittadinanza la memoria di mia madre. Sa, ai suoi tempi era sulla bocca di tutti ad Aosta... mentre lei teneva impegnata la sua...». E riscoppiò a ridere. Rocco cominciò a sentire un formicolio alle gambe, aveva solo voglia di lasciare quell'uomo e quella camera d'albergo.

«Senta una cosa, dottor...?».

«Schiavone, e tre. La prossima volta che mi domanda il nome le mollo un cazzotto in faccia».

La reazione di Rocco disegnò una smorfia preoccupata sul volto di Francesco Guerlen Bresson. «Mi... mi scusi...».

«Cosa voleva sapere?».

«Mi tocca venire a fare da testimone da qualche parte? No, perché io avrei da fare un viaggio. Parto dopodomani per tre settimane. Vado in Thailandia».

«Che io sappia no. Non vedo a cosa possa servire la

sua presenza. Suo padre ha sofferto molto alla morte di sua madre?».

«Chi può dirlo? All'epoca io stavo a Londra e a casa non tornavo da anni. E chiaramente non l'ho fatto neanche per il funerale». Il gattone decise di saltare in grembo al suo padrone, che cominciò a carezzarlo. «Lo so, le sembro uno privo di sentimenti e un po' stronzo. Ma mi creda, mia madre è la persona che ho detestato di più in tutta la mia vita. E se pensa che una madre è nell'esistenza di un uomo quella con cui si ha il rapporto più intimo e totale, può capire quello che provo. Quando morì mi sentii liberato. Da una parte. Dall'altra non avevo più il muro contro cui giocare a tennis. Mi sono ritrovato in campo aperto, con tanto di rete e avversari. E non è stato facile. Lei ha avuto una bella madre?».

«Magnifica».

«Beato lei, dottor...».

Si guardarono. Ci fu un momento di tensione, poi Francesco gli fece l'occhiolino «... Schiavone!» e scoppiarono a ridere insieme.

«Mi spiego meglio. Quello che dovete fare...» ripeté Rocco agli agenti che aveva davanti «è cercare fra le denunce di scomparsa degli ultimi... diciamo cinque anni?».

«Cinque anni?». Casella sbiancò. «Ma è tantissimo!».

«Per ora. Se Alberto Fumagalli dalla morgue ci dice che il corpo ne ha di più, andiamo indietro nel tempo. Comunque cercate solo uomini, alti uno e settantacinque...».

«Magri...» intervenne Deruta.

«Perché magri?».

«Be', a quanto dice Casella che era al cimitero, il tipo non era molto in carne, no?».

D'Intino, Deruta e Casella sghignazzarono. Rocco rimase serio. Tanto da smorzare in gola il riso ai tre agenti. «Datevi da fare. E per qualsiasi cosa, visto che Caterina non c'è, relazionate a me e solo a me. Chiaro?».

I tre agenti abbassarono la testa contemporaneamente.

I fratelli Brionati, figli di quel Gustavo intenzionato ad ospitare la sua amante nella tomba, erano stati avvertiti dell'arrivo del vicequestore e si erano fatti trovare a casa di Marta, la primogenita, poco fuori Saint-Vincent. Rocco parcheggiò la sua auto e diede un'occhiata alla casa. Era una costruzione degli anni '60 che stonava con le montagne e le altre abitazioni lì intorno. Non avrebbe sfigurato, nella periferia sud di Roma.

All'interno un arredamento moderno e minimale riscattava l'edificio. Marta aveva superato la sessantina, suo fratello Giorgio invece frequentava ancora i 50 con un fisico orgogliosamente sportivo. «Dottor Schiavone, prego, si accomodi. Posso offrire qualcosa? Un caffè?».

«Nulla, grazie». Si sedettero sui divani bianchi davanti alle finestre. «C'era bisogno anche di mio marito?».

«Assolutamente no, signora. Riguarda vostro padre».

I fratelli si concentrarono sul poliziotto.

«Vi hanno raccontato cosa è successo al cimitero?».

«Sì» rispose Marta. «Una cosa da non crederci! Cosa ci faceva un corpo sulla bara della povera Veronica?».

Rocco allargò le braccia. «E chi lo sa?».

«Ma non si sa neanche chi è?» chiese il fratello.

«No. Ora, mi spiegate meglio questa storia del testamento?».

Marta prese la parola. «Quando mamma morì nell'80, papà cominciò a frequentare Veronica. E se ne innamorò. Anche noi ci affezionammo a lei. Era una persona eccezionale. Timida, attenta, per noi fu come una seconda madre».

Rocco ripensò alle parole di Francesco.

«Non riuscirono a sposarsi perché la buonanima di Carlo Guerlen Bresson non le concesse mai il divorzio. Credo l'amasse alla follia».

Giorgio fece un'espressione buffa stravaccandosi sul divano. «Perché, non è così?» gli chiese la sorella, cui non era sfuggita quella reazione.

«Non direi» fece lui. «Non le concesse il divorzio semplicemente per le proprietà. Vede, i Guerlen Bresson all'epoca erano una famiglia molto ricca e importante, e avevano moltissime proprietà. Divorziare sarebbe stato un problema, per Carlo. Insomma, case, terreni, un bel casino, no? E allora...».

Marta continuava a scuotere la testa. «Questa è un'idea tua».

«Ed era anche l'idea di papà».

«Ma adesso cos'è successo alle proprietà dei Guerlen Bresson? Non mi pare che Francesco viva nel lusso».

Marta riprese la parola: «I motivi sono tanti. Carenza di un'amministrazione oculata, qualche investimento sbagliato... E soprattutto c'era il fratello di Carlo, Luigi. Fece una serie di truffe che sono costate a Carlo un patrimonio. Anzi, il patrimonio di famiglia. Luigi finì pure in carcere. Poi scappò in Francia e sparì».

«Ma Francesco, che vive in albergo» chiese Schiavone, «in realtà che lavoro fa?».

«Bella domanda» disse Giorgio. «Non s'è mai capito che lavoro faccia. Pubbliche relazioni? Organizzatore d'eventi? Blogger? Giornalista free lance?».

«Per un periodo è anche stato pittore e incisore».

«Con scarsi risultati, mi creda. Da qualche parte Marta dovrebbe avere un suo disegno. Vuol dare un'occhiata?».

«Passerei la mano, grazie» disse il vicequestore. «Torniamo al testamento?».

«Papà e Veronica si erano promessi di riposare insieme. E fecero questo accordo con Carlo Guerlen. Tanto che Veronica lasciò anche una sua lettera firmata. Stava molto male, sapeva di avere pochi mesi di vita. L'accordo era semplice: il giorno della morte di mio padre, Veronica sarebbe stata portata nella nostra cappella».

«Ma allora perché Veronica è stata sepolta dai Guerlen Bresson?» chiese Rocco. «Non faceva prima a farsi seppellire direttamente da voi?».

«Lo vede anche lei dottore?» e Marta allargò le braccia per sottolineare la sua versione. «Se la sono divisa anche dopo la morte. È amore».

«Ma quale amore, Marta!». Giorgio si tirò su. «Il motivo era Luigi, il fratello di Carlo, quello scappato in Francia. Carlo non lo poteva vedere, e non si può biasimarlo. Aveva dilapidato un patrimonio! Mettendo lì Veronica avrebbe occupato l'ultimo posto libero della cappella Guerlen Bresson. E infatti Luigi è sepolto da qualche parte nella Camargue. E a nessuno verrà mai in mente di riportarlo in Italia. Ce lo vede Francesco a darsi da fare per una cosa simile?».

Marta fece una smorfia al fratello. La versione di Giorgio sembrava molto più solida della sua, tirata fuori da qualche romanzo rosa.

Rocco si alzò. «Bene!». I due fratelli lo imitarono. «Vi ringrazio. Siete stati preziosi. Avete qualche idea di chi possa essere il cadavere tumulato sopra la bara di Veronica?».

«No...».

«E se fosse proprio di quel Luigi?» propose Marta. «Magari Carlo alla fine s'è ravveduto e l'ha messo lì».

«Una famiglia di matti» fece Giorgio.

«Mica tanto» obiettò Rocco. «Mia madre aveva una sorella, anche lei innamorata di mio padre. Mio padre morì e mamma lo portò al Verano. Poi morì la sorella. E mamma la mise dall'altra parte del cimitero, perché non si fidava a lasciarla accanto al suo uomo. Era lei che doveva riposare lì. Come vede, famiglie curiose ce ne sono parecchie».

Giorgio e Marta sorrisero.

«Cos'è questa storia, Schiavone?» rieccheggiò la voce del giudice Baldi nella cornetta del telefono. Rocco, seduto sulla poltrona di pelle, cordless all'orecchio, aveva poggiato i piedi sulla scrivania e fumava tranquillo una sigaretta. «Devo aspettare di saperne di più, dottore. Per ora pare solo che la signora Veronica Guerlen Bresson fosse stata una che in vita si dava molto da fare. E che l'unico suo erede, il figlio, vada ogni notte al cimitero a ballare sulla sua tomba».

«È una metafora, vero?».

«Direi di sì».

«Glielo chiedo perché ormai comincio a credere a tutto».

Rocco rise. «Stiamo valutando la prima cosa da fare. Guardare fra gli scomparsi degli ultimi anni. Ho sguinzagliato i miei agenti. Spero domani di saperne di più».

«Mi tenga aggiornato. Roba da matti, una doppia tumulazione».

«È un'idea, però».

«In che senso?».

«Un bel risparmio sulle pratiche funerarie, no?».

«Già. Tumuli a una piazza e mezzo. Non ci resta che quello. La saluto, Schiavone».

Appena rientrò nell'appartamento trovò le tracce del proprietario di casa e dell'idraulico. Avevano cambiato il termosifone in camera da letto. Ne avevano montato uno di quelli alti un metro e novanta, un monolite di alluminio che sarebbe bastato a riscaldare un condominio. Sul tavolo il solerte idraulico aveva lasciato un'inutile ricevuta: 230 euro più Iva.

Coraggioso, pensò Rocco. Un modo scaltro di proporre a un vicequestore della polizia di Stato un pagamento senza fatturazione. Sul foglietto il numero di cellulare dell'idraulico. Rocco lo chiamò immediatamente. «Schiavone. Appartamento a rue Piave».

«Ah, sì. Sono passato e ho fatto il lavoro».

«Chi le ha detto di montare una specie di obice semovente al posto del termosifone?».

«Di obice?».

«Di carrarmato, se preferisce».

«Ma è chiaro, è stato il padrone di casa, il dottor De Dominicis» rispose quello.

«E allora se lo faccia pagare dal dottor De Dominicis. E con l'Iva, mi raccomando».

«Veramente lui mi ha detto che...».

«Sticazzi cosa le ha detto. Avete messo in camera da letto 'sto mammatrone? Ottimo. Se lo pagasse lui. 230 euro, dico, ma che vi siete rimbecilliti?» e chiuse la telefonata.

Risolto il problema condominiale, era il momento di prepararsi una bella cena.

«Vediamo cosa abbiamo» e aprì il frigorifero.

Era una situazione di causa effetto che la mente di Rocco tendeva a ignorare, eppure era di una semplicità disarmante. Se non si fa la spesa, il frigorifero resta vuoto. A parte un limone vecchio, una bottiglia di acqua minerale, una mezza cipolla che aveva messo su un tappetino di muffa, una bottiglietta di tabasco e una confezione di uova portatrici sane di salmonellosi.

«Cazzo...» mormorò. Gli toccava scendere in rosticceria.

Rocco si svegliò alle nove passate. Deambulò fino alla cucina per preparare il primo caffè. Avrebbe usato la cialda strong, quella che funzionava più da cazzotto in faccia che da bevanda.

Marina mi guarda. Se ne sta appoggiata al lavello mentre il caffè esce bollente dalla macchinetta.

«Non hai sentito la sveglia?».

«Non l'ho messa».

«Arriverai tardi in ufficio».

«Non c'è niente di urgente».

«Hai ripensato al triangolo amoroso fra Veronica, l'ingegnere e Carlo?».

«È una sciocchezza. E poi pare che quella Veronica, più che triangoli, avesse storie a dodecaedro».

«Non ci credi, eh? Come reagiresti se aprendo la mia di tomba ci trovassi un altro?».

«Piantala! Non mi fai ridere».

«Stai diventando sempre più scorbutico. Dai, rispondi, sono curiosa».

«Se invece di parlare ti girassi verso destra, vedresti che il posto accanto a te è libero. Perché è il mio».

«E se te ne vai in Provenza?».

«Allora prima vengo a prenderti».

«E se io volessi restare a Roma?».

Quando si comporta così mi fa andare il sangue alla testa. «Senti Marina, mi sono appena svegliato, non mi va di parlare di questa cosa e non mi va di ascoltarti».

«Sei uno scemo!» e scoppia a ridere. Com'è che cambia il tempo quando ride? Sembra sia entrato il sole in cucina. E invece guardo fuori. È tutto coperto. «Io ti seguo Rocco, ti seguo fin quando vorrai».

«Sempre!».

«Beviti questa ciofeca e vai a farti la doccia!».

«Diobono, è come ti dico io» esclamò Alberto Fumagalli nel suo studio mentre fuori aveva cominciato a piovere. «Questo tipo di cui non conosciamo l'identità è stato chiuso in quel tumulo non più di cinque anni fa».

«Cosa te lo fa dire?».

«Una nottata passata al microscopio. Cos'è? Ti devo spiegare l'avvicendarsi delle stagioni e degli anni in base ai funghi vivi e morti trovati sui vestiti? Le spore? I batteri? Sono come i cerchi nel tronco dell'albero. Non così precisi, ma ti fai un'idea. Se vuoi possiamo parlare dei tessuti ancora presenti, vado avanti?».

«Cinque anni, dici».

«Al massimo. Sulla causa della morte devo sospendere. Non ci sono tracce di morte violenta. E sui tessuti, per quel poco che vale dopo cinque anni, io non ho riscontrato presenza di veleni. Insomma, siamo solo all'inizio. Mascini, il biologo forense, mi sta dando una mano. È di là al lavoro sullo scheletro. Ci vuoi parlare?».

Emanuele Mascini era un uomo alto e magro. Bianco come il latte, se si escludevano le venuzze rosse intorno al naso. Rocco lo aveva immaginato un individuo triste ed emotivamente disidratato dal suo mestiere. Invece Emanuele era sorridente, gli occhi sprizzavano scintille di energia. Doveva possedere la stessa follia di Fumagalli, quella pazzia di chi sta a contatto 24 ore al giorno con cadaveri, funghi, spore, insetti morti e ossa spolpate dal tempo. Appena il vicequestore entrò nella morgue dove Emanuele aveva piazzato degli strani ordigni, lenti, luci violacee e curiose pinze di acciaio, l'antropologo si alzò di scatto. «Ehilà. Eccovi! Bene bene bene! Come va?» e strinse calorosamente la mano a Rocco. «Emanuele Mascini».

«Rocco Schiavone».

«Vi presento Burt». E indicò il corpo.

«Burt?».

«Dà un nome ad ogni corpo che esamina finché non si scopre l'identità. Sai com'è, è abituato con scheletri e ossa» bisbigliò Fumagalli.

«Cosa vi posso dire? Un po' di cose. Allora, il soggetto in questione è un uomo, caucasoide, lo si evince dalla forma e dall'apertura del cranio. Ora l'età!». Si avvicinò ai poveri resti, afferrò gli incisivi. «Voi direte, come avrà fatto a capire l'età se manca il terzo molare? Chissenefrega! Abbiamo... lo smalto!».

Rocco gettò un'occhiata perplessa ad Alberto che invece aveva tutta l'aria di godersi quello spettacolo. «E, che rimanga fra noi, Burt non ha un bello smalto. Burt ha superato i 60 anni. Anche se guardiamo la cartilagine articolare e le giunture del cranio, bah! 60 anni sono forse un complimento, vero?».

«Condivido» rispose Alberto.

«Ma perché Burt?» chiese Rocco, che non si teneva più.

«Perché assomiglia a Burt Lancaster» rispose ovvio Mascini.

«Burt Lancaster?».

«Certo. Andiamo avanti...».

Chi era Rocco per giudicare? Lui, che cercava sempre le somiglianze fra gli uomini e gli animali della sua vecchia enciclopedia.

«C'è una vecchia frattura, brutta, scomposta, alla tibia e al perone sinistro... ricalcificata malissimo. E vi posso dire che Burt lavorava».

«Vabbè, non mi pare una gran scoperta...».

«Aspetti, dottor Schiavone. Lavorava e faceva un lavoro pesante. A guardare come sono ridotte le mani direi... contadino? Metalmeccanico? Saldatore? Ci sono tre microfratture mai curate, vedete? Prossimale dell'indice e falange media dell'anulare...» e tirò su la mano destra di Burt. «E anche qui, alla seconda falange del medio...» guardò soddisfatto il vicequestore che s'era avvicinato per osservare da vicino quelle mani quasi scheletriche. «Un operaio, insomma» disse mentre il suo sguardo correva lungo quei resti giallastri di ossa confuse nei rimasugli di pelle che una volta erano state mani che avevano toccato, lavorato, accarezzato.

«Sono d'accordo con Alberto. Burt se n'è andato non più di cinque anni fa».

«Perfetto...» intervenne l'anatomopatologo. «È come ti ho detto, Rocco».

«Ma questa cosa qui?» disse Rocco, che era rimasto a guardare le dita del defunto. «Che cos'è?».

Mascini raggiunse il vicequestore che indicava un punto sulla falange dell'anulare della mano sinistra. «Faccia vedere...».

Sulla pelle era visibile un segno scuro, circolare. «Sì, l'avevo notato. È il segno di un anello. A occhio direi argento oppure una lega con rame o cose del genere. L'avete trovato?».

«L'anello? No, non mi pare».

«Strano. Perché la traccia c'è. E non credo che Burt se lo sia sfilato prima di venire qui in laboratorio».

«Direi di no».

«Chi è entrato dopo di noi nella cappella?» chiese Rocco al guardiano che stava riaprendo il cancelletto di ferro battuto.

«Nessuno. Ho chiuso come mi ha ordinato lei».

«Apra, per favore».

Alfonso eseguì. Rocco, accompagnato dall'agente Pierron, penetrò nella sepoltura. La lastra di marmo era ancora a terra. Il tumulo di Veronica Guerlen Bresson era vuoto. Il corpo era stato trasferito.

Italo e il vicequestore si misero carponi a guardare per terra fra polvere, terra e detriti di calce e intonaco.

«Che stiamo cercando?» chiese il custode.

«Un anello» rispose Rocco.

«Capirai, un ago in un pagliaio» disse Italo scansando una foglia secca.

«L'aveva al dito, Italo. E deve essere per forza qui».

Alfonso Cibruscola si mise a quattro zampe. «Che poi io sono astigmatico e miope, vedo a malapena il pavimento».

«E allora lasci perdere, Alfo'».

Passarono dieci minuti silenziosi. Poi Rocco si rialzò. Si spolverò i pantaloni e buttò l'occhio all'interno del tumulo. Un antro nero, sembrava una vecchia bocca sdentata. Un'ombra chiara disegnava un rettangolo dove la bara di Veronica aveva riposato per anni. Ma nessun anello.

«Questa cosa è strana» fece Italo.

«E non è l'unica cosa strana» disse il guardiano. «Vuol sapere? Ogni tanto io davanti alla cappella trovo una rosa bianca. Anche ieri c'era».

«Immagino lei non sappia chi ce la porti, vero?».

«No. Gliel'ho detto, questa parte vecchia del cimitero non è molto frequentata. In particolare questa tomba dei Guerlen Bresson».

«Ma l'anello, dottore?» insisté Italo. «Che fine ha fatto?».

Rocco sorrise. Guardò il custode: «Mi accompagni nel suo ufficio».

Li trovò in un bar di via Chabod con un bianco davanti e un panino in mano. Quando videro il vicequestore entrare insieme a Pierron, Maurice e Damiano quasi scattarono in piedi.

«Maurice... sono contento ci sia anche Damiano. Sono andato a casa sua. Sua moglie mi ha detto che l'avrei trovata qui».

Il naso di Maurice acquistò almeno due tonalità di rosso. «Sono contento. Che possiamo fare per lei, dottore?».

«Dov'è?» chiese Rocco guardando l'operaio negli occhi.

«Dov'è cosa?» rispose Maurice.

«Andiamo, Maurice, non mi far perdere tempo. Non ti succederà niente. Dov'è?».

Fu Damiano ad abbassare la testa e a mettersi la mano in tasca. Nel palmo stringeva un vecchio anello d'argento. Lo allungò a Rocco.

«Che cos'è?» gli chiese il compagno. Ma Damiano non rispose.

Era una fede, lucida e ripulita.

«È alpacca» disse Damiano. «Non vale niente. L'ho pulita... la volevo vendere e farci due soldi».

«Si può sapere dove l'hai presa?» gli chiese Maurice a brutto muso.

«L'aveva quel corpo al dito... ieri... quando abbiamo aperto la tomba».

«Sei un pezzo di merda!» sibilò fra i denti Maurice. Rocco lo calmò poggiandogli una mano sul braccio. «È tutto a posto, Maurice. Damiano ha trovato questa cosa per terra, fuori dalla cappella. Vero, Damiano?».

Il ragazzo annuì. Poi allargò le braccia: «Scusatemi... è che proprio... insomma, qualche euro in più mi faceva comodo».

Mentre Italo annuiva sorridendo in direzione dell'operaio, Rocco aveva messo l'anello controluce. «C'è una scritta».

«Sì, l'ho letta quando l'ho pulito. Franca e Mario sposi, *22-10-1960*».

Rocco sorrise. «Mario. Bene. Burt adesso ha un nome».

«Chi è Burt?» chiese Italo.

«Come si riduce la gente, a rubare ai cadaveri...» sentenziò l'agente salendo in macchina sotto una pioggia leggera ma insistente.

«La questione è posta male, Italo». Rocco si accese una sigaretta. «La domanda corretta è un'altra: come si può ridurre la gente a costringerla a rubare ai cadaveri?». Aprì il finestrino per far uscire il fumo. Teneva l'anello sul palmo. «Ora ti metti a cercare nelle parrocchie di Aosta e al Comune un matrimonio celebrato più di 50 anni fa».

«Io?».

«Tu e Caterina. Ieri ve la siete goduta con la giornata libera? E oggi ve la faccio pagare».

«Lei è...» ma Italo non si azzardò ad andare oltre. Poco più di tre settimane di frequentazione non erano bastate a conoscere meglio il vicequestore.

«Io sono semplicemente il tuo superiore e vedi di non farmi innervosire... ricordati che Sacile del Friuli aspetta sempre un nuovo agente di polizia».

Italo annuì. «Mi scusi...» disse.

Casella aveva consegnato la lista a Rocco. Maschi sui 60 anni scomparsi nella Valle negli ultimi cinque anni ce n'era una quantità spaventosa. L'occhio del vicequestore correva su quell'elenco alla ricerca di un nome: Mario. Ne trovò tre.

«Abbiamo tre Mario scomparsi nel 2007, nel 2008 e uno nel 2011». Con un evidenziatore sottolineò quei nomi. «Micheli, Curcio e Badalamenti. Scartiamo Badalamenti del 2011, troppo recente».

«Tutti autoctoni» disse Italo sorridendo.

«Già, tutti di fuori. Voglio i loro stati di famiglia... e soprattutto sapere se erano sposati, quando e contro chi si sono sposati».

«Contro?» chiese il viceispettore Rispoli.

«Contro, Caterina, contro» insisté Rocco. «Allora, Italo, questa te la vedi tu. Se uno di questi due scomparsi ha sposato una tale Franca il 22 ottobre del 1960, chiamami sul cellulare, altrimenti ci vediamo stasera. Caterina deve fare la ricerca sui matrimoni. Se 'sto Mario e Franca si sono sposati ad Aosta, risulterà sicuramente. Buon lavoro».

«E io?» chiese Casella.

«Tu stattene tranquillo. Finora non hai fatto danni, ma non chiederei di più alla sorte».

Gettò il foglio sulla scrivania, prese il loden e uscì dalla stanza. I tre agenti si guardarono negli occhi. Solo Italo ebbe il coraggio di dare voce ai loro pensieri: «Che palle!».

Incrociò Francesco Guerlen Bresson nella hall dell'albergo. «Non la volevo disturbare».

«Dottor Schiavone! Ho un appuntamento dal medico. Devo partire e stare fuori due settimane. È una cosa lunga?».

«Rapidissima. I nomi Franca e Mario, le dicono niente?».

Francesco alzò gli occhi al cielo passandosi la lingua sulle labbra. In quel momento somigliava tantissimo al suo gatto soriano. «Franca e Mario... Franca e Mario... mah, così non mi viene in mente nulla. Mi ci faccia riflettere. La chiamo dovesse accendersi la lampadina».

«La ringrazio. Lascio il mio numero alla reception, non le faccio perdere tempo».

«Grazie, dottor Schiavone. Spero a più tardi» e a passo molle e incerto infilò la porta girevole dell'hotel. Se non altro aveva smesso di piovere.

Il sole era sceso da un pezzo e con lui anche la temperatura. Rocco, in piedi davanti alla finestra del suo ufficio, osservava il traffico lento delle auto. Le luci dei fari erano lame bianche puntellate di gocce di umidità. Entrarono i suoi uomini preferiti, Pierron e il viceispettore Caterina Rispoli.

«Allora, prima di andare tutti a casa... novità?».

«Niente da fare» attaccò Italo. «Mario Micheli e Mario Curcio, spariti nel 2007 e nel 2008, non hanno più nessuno. Erano entrambi ospiti dell'ospedale, Neurologia e Chirurgia 1. Il primo era vedovo e sua moglie si chiamava Annabella. Il secondo non era neanche sposato».

«Buco nell'acqua. Tu?» e guardò Caterina.

«Matrimoni celebrati il 22 ottobre 1960 ad Aosta ce ne sono stati due. Ma nessuno di Franca e Mario».

«Non si sono sposati qui. Secondo buco nell'acqua». Rocco si accese una sigaretta. «Andatevene a casa. Per oggi è tutto».

«Stavo pensando a una cosa» disse Italo. «Sappiamo che aveva sui 60 anni, quindi probabilmente era in pensione, e sappiamo che era un operaio».

«E allora?». Rocco spense la Camel nel portacenere. Sapeva di ferro. «Operaio in pensione. Hai detto niente! No, io sono certo che in qualche modo ha a che fare con la famiglia Guerlen Bresson. Altrimenti, perché scegliere proprio quella cappella per farsi tumulare di nascosto?».

«Già...» fece Caterina. «Un amante?».

«Anche tu...» disse Rocco.

«Anche tu cosa?».

«Non sei la prima che pensa a un'impossibile storia d'amore che si completa solo nella morte. Ma quale amore? C'è altro. Ma io non riesco a capire cosa».

I pensieri del vicequestore furono interrotti dalla suoneria del cellulare. Sul display un numero sconosciuto. «Sì? Chi parla?».

«Dottore, sono Francesco Guerlen Bresson. Mi sono ricordato! Franca è stata per anni la nostra donna di servizio. Non so come ho fatto a non pensarci subito».

«Bene! Ottimo. Aveva un marito?».

«Certo. Quando entrò a casa nostra era già sposata. E io il marito lo ricordo vagamente».

«Si chiamava Mario?».

«Ecco, non potrei giurarci. Comunque lei si chiamava, o si chiama se è ancora viva, Franca Ferri».

Rocco segnò l'appunto su un foglio.

«Però non so se era il suo cognome da ragazza o da sposata. Una cosa la so: veniva da Alessandria».

«Bene. Grazie, Francesco, lei è stato eccezionale! Grazie ancora! E buona Thailandia».

Rocco chiuse la comunicazione. Il campo di ricerca si era notevolmente ristretto.

Era tardi, gli uffici erano tutti chiusi, la giornata era finita. Un amico, ecco cosa mancava a Rocco. Un amico vero con cui passare la serata, mangiare un boccone, parlare del presente, poco del futuro e molto dei giorni passati. Avrebbe potuto chiamare Sebastiano o Furio o Brizio giù a Roma. Ma non lo fece. Per soli cinque minuti al telefono avrebbe dovuto sopportare un gusto amaro in bocca fino al giorno dopo. Poco più di tre settimane che era in forza ad Aosta e già non ce la faceva più. Forse una donna avrebbe potuto aiutarlo ad alleviare quella solitudine. Ma lo stancava il solo pensiero di intraprendere il lento e sfibrante lavoro del corteggiamento. Avrebbe potuto fare almeno la spesa. Ma era in ritardo anche per quello. Si preparò a passare la solita serata: rosticceria, televisione, letto.

Alle undici del mattino seguente il viceispettore Rispoli arrivò nell'ufficio di Rocco con l'incartamento del Comune. Franca Bugnoli, sposata Ferri, era residente ad Aosta, viale Europa 64. Con lei convivevano il figlio Luigi e il marito Mario.

«Ma cazzo...» disse Rocco. «Com'è? Allora Mario Ferri è vivo? Abbiamo sbagliato tutto?».

«Così sembra, dottore...».

Il vicequestore continuava a leggere gli incarti. «Mario Ferri, pensionato, operaio del Comune di Aosta, nato a Tortona, provincia di Alessandria, il 20 maggio 1935». L'anello di argentone trovato sul cadavere era ancora lì, sulla sua scrivania. Rocco lo prese fra le dita. Lo osservò a lungo. «Caterina, dammi un'opinione. Questa è una fede nuziale. Chi si fa la fede nuziale in alpacca?».

«Nessuno, dottore. Guardi, i miei genitori erano contadini poverissimi, anche i nonni, e così i loro padri. Ma nessuno s'è mai sposato senza le fedi d'oro. Solo i nonni poveretti le hanno date via. C'era la guerra...».

«Già. L'oro alla patria. Anche i miei nonni diedero le fedi d'oro al duce».

«Contravvenendo al motto dell'antico generale Fabio Furio Camillo: non con l'oro si difende la patria...».

«... ma col ferro» concluse Rocco la frase. «E infatti sappiamo come andò a finire. Tutte le fedi d'oro buttate nel calderone e i nonni poveracci in tempo di guerra se le rifecero di ferro e stagno». Rocco guardò Caterina.

«Ma che c'entra, scusi? Questi si sono sposati nel 1960. Il ventennio non c'entra niente».

«Il ventennio no, ma la povertà sì».

«Lei crede che...?».

«Non so cosa credo. Però è strano. È arrivato il momento di andare a trovare Franca Bugnoli maritata Ferri».

Bussarono a lungo, ma nessuno venne ad aprire. Dall'altra parte del pianerottolo si aprì una porta e insieme ad un odore di cavoli bolliti si affacciò una donna sui 70 anni vestita con una vestaglia a fiori. «Chi cercate?».

«I Ferri» rispose Rocco.

«Non ci sono. Stamattina ho visto Franca uscire per fare la spesa, ma non l'ho sentita rientrare. Forse sono ancora fuori».

«E il figlio?».

«Mah...».

«Lei sa dove lavora il figlio?».

La dirimpettaia dei Ferri sorrise. «Lavora? Lei non sa quanto sarei felice di poterle dire dove lavora. No, dottore. Luigi non lavora. Da tempo... faceva il muratore, come il padre. Ma lavoro non ce n'è più... io gliel'ho sempre detto a Franca, doveva entrare in polizia, come lei».

Rocco annuì. «Certo, il posto fisso è sempre il posto fisso».

«Infatti» disse lei chiudendosi la vestaglia sul petto.

Rocco guardò quella donna coi capelli quasi azzurri, la vestaglia di qualche materiale altamente infiammabile, scarpe nere senza lacci, ortopediche, calze spesse e rinforzate. La vicina si passò una mano fra i capelli. «Che c'è?».

Rocco le guardò la mano. «Niente. Niente. Ci scusi. Se dovesse vedere i Ferri può dirgli che siamo venuti a trovarli?».

«Certo. Chi devo dire?».

«Vicequestore Rocco Schiavone».

Insieme a Caterina scesero le scale della palazzina, che aveva bisogno di un restauro. «Dottore, che idea s'è fatto?».

Ma Rocco non rispose subito. Aspettò di uscire all'aria aperta sotto il cielo nuvoloso di Aosta, raggiungere la macchina, prendere le chiavi dalle mani di Caterina. «Tu te ne stai qui, mettiti dietro l'angolo, casomai quella donna dovesse uscire dal palazzo».

«Perché?».

«Fai come ti dico. Io devo andare al cimitero. La storia è tutta lì». E salì in macchina.

Trovò Alfonso Cibruscola che spazzava l'uscio della cappella della famiglia Guerlen Bresson. «Ci sono novità, dottore?».

«Ora io le faccio un nome. Mario Ferri. Le dice niente?».

Alfonso sorrise. «Mi vuole prendere in giro? Certo che mi dice qualcosa. Mario lavorava qui al cimitero. Prima era semplice operaio, poi ebbe un brutto incidente e si spezzò la gamba. Zoppicava, non potendo più fare lavori manuali lo passarono in ufficio e divenne il custode. Quando andò in pensione, io presi il suo posto. Ma perché?».

L'impiegato del Comune notò la nuvola nera passare sul volto del poliziotto. Una specie di velo grigio gli si era posato sugli occhi, sulla pelle e sulla bocca. Cibruscola non poteva saperlo, ma quella reazione evidente sul volto del vicequestore prendeva forma quando Schiavone era arrivato a una conclusione. Scomoda, squallida, triste, più del cielo di quella città.

«Ma perché? Che succede?».

Senza aggiungere altro, il vicequestore chinò la testa e lasciò Alfonso Cibruscola a spazzare le vecchie tombe dimenticate da parenti e affini.

Rocco tornò a viale Europa. Caterina era ancora lì, a pochi metri dal civico 64. Andò incontro al suo superiore. «Che succede?».

«È uscito qualcuno?».

«Un vecchietto con il cane. Avrei dovuto seguirlo?».

«Cateri', non mi ti trasformare in D'Intino anche tu. Altrimenti in questura io sono perduto! Vieni con me».

Entrarono nel civico 64 e risalirono i tre piani di scale che sfoggiavano macchie di muffa simili a enormi mappe geografiche. Bussarono direttamente alla porta della vicina. Dopo un minuto quella aprì, ancora stretta nella sua vestaglietta a fiori. «Siete ancora voi? Gliel'ho detto. Non ci sono!».

Rocco si avvicinò, aprì la porta spingendo il battente con forza e superò la dirimpettaia.

«Ma che...?».

Entrò in casa della vicina. Sul divano c'erano un uomo e una donna sui 40 anni. Appena videro il vicequestore e la divisa blu del viceispettore Rispoli sobbalzarono. L'uomo impallidì. La donna guardava stupita con gli occhi ingiganti dalle lenti la scena che si stava svolgendo davanti a lei. Schiavone prese delicatamente la mano della dirimpettaia, la alzò e guardò la fede all'anulare della mano sinistra. «Franca Ferri...».

La donna abbassò la testa. «Io non...» e scoppiò a piangere. Rocco guardò l'uomo: «Lei è Luigi Ferri?».

Quello si limitò ad annuire.

«E lei chi è?» chiese alla donna dagli occhiali enormi. «Io sono Wanda. La vicina» si scusò con una vocina fragile e sottile.

«Quando le avete impegnate le fedi?».

Franca cercò di dominare i singhiozzi. «Due mesi prima che Mario se ne andasse...».

Caterina si avvicinò alla donna. Prese una sedia e la fece accomodare.

«Quand'è morto Mario?».

«Papà è morto nel 2007» rispose Luigi.

«Perché?».

«Un infarto. Lo ha stroncato».

«Andiamo a casa vostra. Stare qui dalla signora mi sembra inutile».

La quarantenne occhialuta si alzò. Le gambe le tremavano. «Mi dispiace, io ho cercato...».

Rocco la interruppe con un gesto della mano. «L'esperienza mi dice che in questi momenti le parole sono pietre, signora. Quindi conviene tacere».

La mobilia era semplice e vecchia. A giocarsi il ruolo da protagonista erano la fòrmica e la finta pelle. Ragnatele di crepe che partivano dal soffitto fino al pavimento disegnavano le pareti oramai ingrigite. Le tende a fioroni gialli e marroni erano strappate in più punti. Il salone e la cucina erano la stessa stanza. Un divano fungeva anche da letto. Due porte conducevano nella camera matrimoniale e nel bagno. Questa era la casa dei Ferri.

«Ci abitiamo dall'81» disse Franca entrando, come se si volesse scusare. Sul tavolo della cucina, che era anche quello del salone, stavano due arance e una bottiglia di vino marrone senza etichetta. «Posso offrirvi qualcosa?».

I poliziotti non risposero. «Mario è morto nel 2007. E voi non avete mai denunciato la cosa».

Madre e figlio fecero no con la testa contemporaneamente. Rocco si avvicinò alla finestra. Dava sul palazzo di fronte che nascondeva quasi del tutto la luce. «Lavori, Luigi?».

«Non lavoro da tre anni. E non è che prima...».

«Sempre lavori saltuari» intervenne la madre. «Lui è geometra, sa? Però non ha mai vinto un concorso...».

«Mamma, per favore...».

«Lo guardi, dottore. Lo guardi! Ha 42 anni. Non ha mai avuto una moglie, una casa, una vita!».

«Mamma, piantala!».

«Perché? Non devi vergognarti, Luigi. Io e Mario siamo stati sempre onesti e sinceri. Ero a servizio dai Guerlen Bresson prima che... che quel fetente dello zio Luigi sperperasse tutto...».

«Di chi è stata l'idea?» chiese freddo il vicequestore. Luigi alzò la mano. «Papà aveva le chiavi del cimitero. Io sapevo come andavano le cose in quella famiglia. Non potevo immaginare che... sì, insomma, la signora... che l'avrebbero portata da un'altra parte». Luigi appoggiò i gomiti alle ginocchia e affondò la testa nei palmi delle mani.

«Mario è morto di là, sul suo letto». Franca si stava asciugando le lacrime con un fazzoletto lercio che aveva recuperato dalla tasca della vestaglia. «Come facevamo io e Luigi? Me lo spiega? Noi campavamo con la pensione di Mario e...».

«Signora, la legge parla chiaro. La pensione di suo marito le spetta di diritto».

«L'80 per cento. Anzi forse il 60, mi ha detto l'avvocato, perché mio figlio non è più a carico nostro». E guardò Luigi come solo una madre può fare. «Non bastava. Solo di affitto questa casa costa metà della pensione di Mario... come campavamo? Sono diabetica, e i medici? Le medicine? Con Luigi che riesce a lavorare sì e no un mese all'anno? Quanto pensa che prendeva mio marito di pensione?».

«Neanche ottocento euro» intervenne Luigi. «Più trecento di quella di mamma. E ce la facevamo appena».

«Lo sa?» disse la donna guardandosi la punta delle scarpe ortopediche, «ho pensato anche a togliermi di mezzo. Solo che Luigi non avrebbe più preso un soldo... sarebbe rimasto solo, ad aspettare qualcosa che non arriva mai. Una madre una cosa del genere non la può fare. E allora abbiamo deciso... di portarlo lì. Solo io e Luigi avremmo saputo».

«Sei stato tu?» chiese il vicequestore all'uomo.

«La notte dopo la morte. Avevo le chiavi, sapevo che nella zona vecchia non ci va mai nessuno. Sono entrato e all'alba avevo già finito. Una cosa che non scorderò mai. Mai!».

Il vicequestore si voltò a guardare Caterina. L'ispettore aveva gli occhi pieni di lacrime. Le tratteneva a stento. «Ispettore, scenda giù e vada ad aspettarmi in auto» ordinò perentorio Rocco. Caterina, che non chiedeva di meglio, fuggì via dall'appartamento.

Schiavone guardò la casa. Le poltroncine in finta pelle, il televisore piccolo, riparato con lo scotch da carrozziere. Due piatti a fiori messi ad asciugare sul lavello, i bicchieri di vetro fumé, le stampe alle pareti prese da vecchi calendari. Il divano, che era anche il letto di Luigi, sul quale non riposava corpo di donna da chissà quanti anni. Franca si alzò dalla sedia di paglia. Lentamente andò alla porta della camera da letto. L'aprì.

Rocco non capiva. «Venga. Venga a vedere».

Accese la luce perché finestre non ce n'erano. Il letto era appena rifatto, una coperta gialla, una bambola che sorrideva dai cuscini. Sopra la testata in noce lucida c'era una Madonna, sorrideva anche lei. Un armadio a due ante di legno chiaro stava sulla destra. Franca l'aprì. C'era un solo vestito e due camicie da uomo. «Ecco, questo è tutto quello che aveva mio marito».

«La portava lei la rosa a Mario?».

«Sì. Una ogni mese. Perché una tomba doveva averla. Vede, possiamo anche vivere così, senza una speranza, ma almeno nella morte la dignità dobbiamo conservarla. Ho cercato di lasciargli almeno quella, a Mario».

«Lei deve venire in questura con me. Si vesta, l'aspetto giù».

«Cosa? No, io...».

«Stia tranquilla, signora Ferri. Mi deve solo firmare una denuncia».

Quando Rocco uscì in strada, trovò Caterina appoggiata al cofano dell'auto. I due poliziotti aprirono la portiera. Caterina, alla guida, girò la chiave. Il motore si accese. Poi l'ispettore guardò il suo capo.

«Per una pensione?».

«Per una pensione, Cateri'...».

«Quindi l'identità del cadavere?».

«Si chiamava Alfred Goetze, dottore. Era un marinaio di Amburgo. Fu un amante della signora Veronica Guerlen Bresson». Mentre parlava al telefono con il giudice Baldi, Rocco teneva gli occhi bassi sfuggendo gli sguardi dei suoi agenti. «Ci siamo arrivati grazie alla testimonianza del figlio Francesco».

«Mmm» fece il giudice. «Le cause della morte?».

«Fumagalli è stato lapidario: infarto».

«Ma chi l'ha sepolto lì dentro? E perché?».

«Per amore, dottore. Una promessa che i due s'erano fatti di restare accanto anche nell'altra vita. E siccome il tedesco non era bene accetto dalla famiglia di Veronica, lo hanno fatto di nascosto, con la complicità di un vecchio guardiano del cimitero, tale Mario Ferri che si prestò a quest'assurdo atto d'amore un po' démodé, se mi permette».

«Sì, e anche un po' macabro».

«D'accordissimo con lei. Ma le cose sono andate così. Una storia d'amore d'altri tempi».

«Avete avvertito i parenti di questo Goetze?».

«Non ne ha. Era vedovo e senza figli. Parlo di figli riconosciuti. Era un marinaio... si sa cosa fanno quelli, in ogni porto».

«Dobbiamo inquisire però questo tale Mario Ferri... insomma, il vecchio guardiano».

Rocco prese un respiro: «Non possiamo. Proprio oggi i familiari ne hanno segnalato la scomparsa. Ho la denuncia qui sul tavolo».

«Schiavone, perché ho la scomoda sensazione che lei si stia arrampicando sugli specchi?».

«Perché è una storia talmente assurda che sembra uscita da un romanzo, vero?».

«E che magari un giorno, leggendo qua e là, ritroverò pari pari su un libro con la copertina rosa? Vabbè, Schiavone, caso chiuso e i miei complimenti per la rapidità».

«Grazie, dottore. A presto!».

Rocco abbassò la cornetta e alzò gli occhi sui suoi agenti. Casella e Italo sorridevano. Caterina continuava ad asciugarsi le lacrime. «Ben fatto capo!» disse Italo. «Immagino quanto le sia costato!».

«Una cena il primo lunedì di ogni mese fino a novembre».

«Come? Che vuol dire?».

«È il prezzo per il silenzio di quel bastardo di Fumagalli. Vabbè, io me ne vado a casa. Per oggi le cose possono pure bastare».

«Chiudiamo qui?».

«Sicuro, Italo. E neanche una parola esce da quest'ufficio, siamo d'accordo?».

I tre poliziotti annuirono all'unisono.

«Ma con l'Inps che facciamo? Denunciamo la morte di Mario?» chiese Casella.

«Sei cretino? Denunciamo la scomparsa. Poi si vedrà».

«Ma posso chiedere dove seppelliranno adesso il corpo di Mario Ferri?».

«Verrà cremato. E se lo tengono in salotto. E a guardare bene, capace che diventerà l'oggetto più allegro dell'arredamento».

Mentre tornava a casa a piedi, respirando l'aria che si andava raffreddando man mano che la giornata volgeva al termine, Rocco fu colpito da un pensiero, un'intuizione che gli avrebbe cambiato la serata e che lo riempì d'orgoglio e di entusiasmo.

S'era ricordato di andare a fare la spesa.

Castore e Polluce

A Marco Dell'Omo

Lasciata la macchina, a Saint-Jacques, avevano iniziato la salita inerpicandosi fra i boschi carichi di neve. Carlo Polenghi, Sandro Biamonte e Ludovico Venier seguivano il sentiero segnato respirando a pieni polmoni l'aria rarefatta. La Pasqua era vicina ma di neve ce n'era ancora tanta. Pochi erano gli escursionisti che si avventuravano per quei picchi, la maggior parte si accontentava delle piste da sci. Loro no. Carlo Sandro e Ludovico avevano programmato la salita al Polluce, 4.092 mt s.l.m. da circa due mesi. In pieno inverno, quando i turisti della roccia non c'erano e a salire lassù erano i più preparati e i più coraggiosi. Le piccozze sbattevano contro le borracce. I caschetti ben annodati allo zaino riflettevano la luce del sole che era appena spuntato fra la coltre di nuvole. Il tempo prometteva bene per il giorno dopo, quando cioè avrebbero attaccato la parete, e l'eccitazione si accordava al ritmo dei loro passi. Ludovico masticava la gomma americana compulsivamente. Era un rumore fastidioso, ma i due colleghi non erano riusciti a fargliela sputare. «Mi calma...» diceva. Preferivano sopportare quel rumore che i nervi non sempre saldi di Ludovico. In studio dove lavoravano gomito a gomito erano riusciti a evitare quel tramestio costante. Carlo, che aveva da poco compiuto i 50, non ne voleva sapere. Rovinava la concentrazione. Disegnare e creare progetti per gli arredi interni richiedeva calma, attenzione e ore di lavoro al tavolo. D'accordo con Sandro, il vice capo, avevano vietato sigarette, gomme da masticare, caffè e telefonate personali. «Quando si disegna è come stare in chiesa» diceva Carlo coi suoi occhi ardenti verde smeraldo, «avete mai visto uno che in chiesa va a pregare con il cellulare acceso?».

Finito il passaggio in mezzo ai boschi, raggiunsero l'altopiano, poi si inerpicarono verso il rifugio Mezzalama per l'Ammazzacristiani, un sentiero ripido che l'estate segava le gambe dei trekker poco allenati, ora che la neve lo ricopriva c'era anche il rischio di scivolare. Dovevano procedere a passo lento, cadenzato. Solo il giorno prima erano nei loro uffici di Biella a chiudere l'affare della loro vita, e i polmoni ancora non si erano abituati all'altitudine. Passo dopo passo Carlo Polenghi apriva la marcia seguito da Sandro, chiudeva il terzetto Ludovico, il meno capace ma con un talento innato e un amore per la montagna che sopperiva alla sua inesperienza.

«Che meraviglia...» disse Carlo fermandosi a guardare il panorama. Le nuvole s'erano fermate intorno alla corona delle cime innevate. Il silenzio era talmente profondo da risultare rumoroso. Lontano un rombo cupo avvertiva che forse, da qualche parte, una piccola slavina s'era lasciata andare su qualche pendio. I ghiacciai davanti a loro erano splendidi. Turchesi come acqua di un paese tropicale, le rocce che spuntavano punteggiavano il manto bianco di macchie nere. Su in alto si scorgeva il costone dove era costruito il rifugio Mezzalama a più di tremila metri.

«Stanotte ci fermiamo lì?» chiese Ludovico ciancicando la gomma.

«No. Saliamo alle Guide d'Ayas. 3.420 metri. È lì che dormiamo!» rispose Sandro.

«Ti sei portato il pigiamino?».

Sandro e Carlo risero.

«Sì, con gli orsacchiotti e gli alberi di natale. Ma andate a cagare!».

«Ludovi', guarda che su la gomma la sputi però!».

«Sì sì, la sputo... che palle!».

Ripresero la salita concentrandosi solo sui passi e su dove mettevano i piedi. Sotto la neve c'erano le rocce e prima di poggiarci il peso dovevano assicurarsi che non ci fosse il ghiaccio. Una caduta lì non era cosa pericolosa, ma avrebbe sicuramente leso l'amor proprio, ammaccato la dignità e sarebbe stata occasione di prese in giro per i mesi a venire.

«Fra un po' comincia il ghiacciaio... ci mettiamo i ramponi» avvertì Carlo.

«Va bene».

Ludovico non rispose. In quel momento suonò il cellulare.

«Nooo» gridò Carlo Polenghi. «Chi è?».

Era quello di Sandro. Fermarono l'ascesa. Non avrebbe mai risposto, il divieto c'era nello studio di progettazione come lassù, in mezzo alle meraviglie della natura, ma era un'urgenza, una telefonata che tutti e tre aspettavano da un momento all'altro. Ne andava del loro futuro.

«Sì? Dimmi, Loredana...» si mise in ascolto. Gli altri due cercavano di interpretare la faccia di Sandro seminascosta dal cappello di pile. Loredana era la segretaria personale di Sandro e Carlo. «Mmh... mmh... sì...».

Ludovico guardò Carlo. «Embè?».

«E che ne so Ludo... è lui che parla!».

«Bene, benissimo. Ti richiamo io». Sandro chiuse la telefonata, con calma mise il cellulare nella tasca. Sapeva che i due fremevano di curiosità, ma ci godeva a prendersi tutto il tempo a disposizione prima di parlare.

«Sandro, se non parli ti prendo a piccozzate!» disse Carlo.

«Il direttore della Velvet Airways ha firmato! Il lavoro è nostro!».

«Sìììììì» urlarono tutti e tre e si abbracciarono. Cominciarono a saltellare sulle rocce, Carlo mise un piede in fallo e scivolò a terra. Non aveva importanza. Gli altri gli si fiondarono addosso e si abbracciarono sul terreno, come calciatori dopo un gol.

«Evvai!».

«Grandi!».

Il progetto di ristrutturazione di tutti gli interni dei charter e delle sedi negli aeroporti era loro. Un affare di qualche milione di euro. Lo studio Polenghi e associati ormai entrava di diritto fra i grandi della città. Fra tre anni ci sarebbe stata l'Expo 2015, in lizza per i lavori adesso c'erano anche loro! Carlo Polenghi aveva realizzato il sogno di una vita. Sandro coi suoi baffoni sporchi di neve aveva le lacrime agli occhi. «Glielo faccio vedere io a quello stronzo di mio padre!» disse pulendosi il naso. Che dall'alto dei suoi uffici finanziari e delle sue frequentazioni non aveva mai creduto in lui, nel suo lavoro. «Sandrino» gli disse Carlo, «a 43 anni ancora pensi a tuo padre? Hai due figli e una moglie. Pensa a loro, no?».

«Meglio di no!» intervenne Ludovico. «Che sennò gli succhiano tutta la sua parte di soldi!». Risero ancora. Si rassettarono guardandosi felici negli occhi. «Lo studio Polenghi e company...» mormorò Carlo. «Ce l'abbiamo fatta, amici miei!».

«Torniamo a noi. Il Polluce ci aspetta!» disse Sandro rincalcandosi il berretto.

Ancora un paio di pacche poi la fila indiana riprese l'anabasi verso il rifugio Mezzalama.

Si fermarono per poco in quella casetta incastonata nelle rocce per proseguire la marcia attraversando il ghiacciaio. D'estate pericoloso per la presenza di crepacci, l'inverno per il freddo e il gelo. La temperatura era calata sensibilmente e i tre alpinisti proseguivano in silenzio, risparmiando il fiato. Perfino Ludovico s'era messo la gomma americana tra i denti e evitava di masticarla. I ramponi mordevano la neve, e si sentiva solo il rumore dei ferri ad ogni passo, quello della piccozza contro il casco, lo sciacquio dell'acqua nella borraccia. Poi si unì un vento freddo e leggero che cominciò a fargli compagnia fischiandogli nelle orecchie. Finalmente raggiunsero il rifugio Guide d'Ayas, a 3.420 metri. Si fermarono a guardare il paesaggio. In quei momenti di silenzio, con il fiatone per la salita, le orecchie che ronzavano, gli occhi umidi e le cime, i ghiacciai del Rosa e la valle davanti a loro, Carlo, Sandro e Ludovico provarono qualcosa che somigliava molto alla felicità. Poi si voltarono a guardare la vetta del Polluce, la loro meta, 4.092 metri.

«E facciamocela una foto!» disse Ludovico.

Prese il cellulare, si strinsero davanti all'entrata del rifugio, alzarono le mani e sorrisero verso l'obiettivo come tre ragazzi alla gita dei cento giorni.

Le volute di fumo denso si alzavano pigre verso il soffitto bianco bisognoso di tinteggiatura. La porta chiusa appannava i rumori dei corridoi e solo il ronzio del condizionatore che d'inverno faceva da termosifone segnava pigramente il passaggio del tempo. Sul display i gradi che quella pompa di calore cercava di infondere a tutta la stanza. Il divano di pelle nero a due posti aveva un taglio sul bracciolo sinistro dal quale usciva l'imbottitura grigia. La scrivania colma di carte, appunti e numeri di telefono misteriosi e senza nome. Le Clarks accanto alla pompa dell'aria calda. Scure, rovinate. Teneva i piedi poggiati sulla scrivania. S'era messo un calzino blu e uno nero e i pantaloni di velluto chiaro erano scuciti sull'orlo. Il suo loden appeso all'attaccapanni pareva una pelle scorticata stesa ad asciugare. Anche la sigaretta sapeva di muffa. Era una di quelle mattine in cui la noia gli piombava addosso con tutta la sua virulenza e lo lasciava inebetito e senza forze.

«Dovresti fare delle cure omeopatiche per l'energia» gli aveva consigliato Italo Pierron, il suo agente di fiducia. «Dovrebbe prendersi una vacanza» era stato invece il suggerimento del viceispettore Caterina Rispoli, ora che la Pasqua era alle porte.

Una vacanza. E per andare dove? All'estero. Londra. Parigi. Amsterdam. Magari Barcellona. Per passare tre giorni in un albergo da solo a guardare la televisione in una lingua incomprensibile? «Ci sono musei bellissimi» aveva detto Caterina. I più belli li aveva visitati con Marina. Tate Gallery, British Museum, Jeu de Paume, Rijkmuseum, Gare d'Orsay. Non gli era mai piaciuto fare il turista. Si sentiva una specie di cucciolo di facocero in mezzo ai leoni pronti a sbranarlo. Gli occhi affamati di ristoratori, albergatori, bigliettai di musei, stadi, teatri e concerti. Tutti lì, pronti ad azzannare il portafoglio e le carte di credito dei turisti, a spennarli per rimandarli a casa intontiti e bisognosi di riposo. A lui in una città piaceva stare giorni, settimane, mischiarsi con la gente, capirne l'odore e il sapore, le abitudini e la quotidianità. Favoloso weekend a Stoccolma! Tre giorni a Madrid, corrida inclusa! A cosa serviva? A nulla. Solo a scattare qualche foto e poter dire: ci sono stato. Senza aver capito niente, senza aver impresso nella memoria nulla di più che un ristorante messicano coi mariachi o un quadro che ormai non sapeva più se stava alla Gare d'Orsay o al Van

Gogh Museum. Cannibalizzazione della memoria. Consumismo superficiale e frenetico. «Ci vogliono almeno tre giorni per vedere il Louvre» diceva sempre a Marina. «Così di corsa non ci capisco un cazzo!». In più non aveva mai condiviso le frenesie delle feste, sapeva solo che quando si avvicinavano date come la Pasqua, il Ferragosto, il Natale, il lavoro nelle questure aumentava in maniera esponenziale. Lavoro stupido, noioso, inutile. Fatto di piccole denunce, liti condominiali e simili amenità. Aosta sotto una coltre di neve s'era riempita di turisti, come l'ufficio di gente pronta a sporgere denuncia. Guardava il cielo grigio che prometteva altra neve. Ma a Pasqua di solito a Roma, se non piove, e piove sempre, si cominciano a vedere i primi segni della primavera. Ad Aosta sembrava di stare alla Vigilia. Avrebbe potuto prendere un aereo e tornarsene nella capitale.

Ma a fare che? In quella casa imbustata che aveva lasciato da sette mesi, e gli sembrava già un'eternità.

«È permesso?». Italo s'era affacciato alla porta.

«Che vuoi?».

«Rocco, io andrei. Non c'è niente da fare...».

Erano passate da poco le cinque del pomeriggio e la noia, come una nebbia pestilenziale, affogava le esistenze dei poliziotti della questura di Aosta.

«Vai, vai...».

«Domattina posso venire un po' più tardi?».

«Italo, fai quello che cazzo ti pare!».

Rocco si alzò. Andò ad infilarsi le scarpe che erano ancora bagnate. «Che schifo...» disse. Italo non provò nemmeno a suggerirgli di comprarsene di nuove, tanto sapeva che a quelle calzature il vicequestore non avrebbe mai rinunciato. Con un sorrisino l'agente sparì mentre Rocco si annodava i lacci. Afferrò il loden e uscì dalla stanza senza spegnere le luci.

Nel corridoio illuminato dai neon gli venne incontro l'agente D'Intino. Aveva le guance e la fronte striate da segni rossi e obliqui.

«Dotto', proprio a lei cercavo!».

«D'Intino, che cazzo hai in faccia?».

«La 'atta de la vedova Frescobaldi».

«La... 'atta?».

«Sì. Era salita su un albero, io e Deruta le semo aiutate per farla scendere».

«E mi sa che la *atta* non voleva, no?».

«Mica tanto».

«Poliziotti che si occupano di gatti... roba da matti. Ti sei disinfettato?».

«No».

«Ecco, bravo, non farlo. Magari ti viene una setticemia fulminante che ti si porta via».

«Dice? Senta, dotto', ci stanno un po' di denunce da prendere».

«Che denunce?».

«Furtarelli, cose facili, insomma posso dire all'agente Casella che le pigliasse lui?».

«Ma fate come cazzo ve pare!» e ad ampie falcate piantò lì il poliziotto.

Non gli restava che tornare a casa e chiamare Nora. Non che morisse dalla voglia di vederla, ma almeno avrebbe passato una serata con una donna, che era l'unica cosa decente che Aosta gli avesse riservato in quei lunghi mesi.

Il sole era andato a nascondersi dietro le cime piene di neve. Nel rifugio Guide d'Ayas c'erano solo loro tre. D'estate in quel posto bisognava fare i turni per mangiare, tanti erano gli alpinisti che tentavano la cima del Polluce. Con l'inverno ancora in piena attività pochi si spingevano fin lassù. Ed era aperto solo il locale invernale. Uno stanzone con le brande, qualche scatoletta di cibo, un tavolaccio e le candele per la notte. Carlo e Sandro afferrarono le scodelle con la zuppa di farro che s'erano cucinate sui fornelletti da campo. Ludovico appiccicò la gomma americana sotto il tavolo.

«Non ci posso credere!» fece Sandro. «La conservi per dopo?».

«Volete che riprenda a fumare?» chiese ai suoi amici mettendo in bocca la prima cucchiaiata. «E allora non rompete le palle!».

«Invece parliamo un attimo del lavoro» fece Carlo. Aveva il viso arrossato e gli occhi, due pezzi di giada, risaltavano vivi e eccitati. «C'è una cosa importante che devi sapere Ludo... io e Sandro la settimana scorsa abbiamo cambiato i colori degli interni».

«Perché?» chiese Ludovico ingoiando un cucchiaio di farro.

«Perché dalla direzione è arrivato il nuovo ordine di colori. Hanno preferito rosso e blu invece che rosso e bianco».

«Che schifo!» mormorò Ludovico. «Gli interni rosso blu... peggio di una squadra di calcio!».

«Lo so, ma che ce ne importa?».

«E abbiamo dovuto ripresentare il progetto?».

«Già» disse Sandro. «Appena torniamo devi firmarlo anche te. Ma intanto gliel'abbiamo sottoposto».

Ludovico guardò i due colleghi: «Spiegatemi una cosa. Perché non mi avete avvertito? Sarei venuto a darvi una mano, no? E giacché c'ero, avrei anche firmato» aggiunse con una punta di rabbia. «Ora risulta che il progetto è solo vostro?».

Carlo poggiò il cucchiaio. «Giacché c'eri? Vorrei ricordarti che eri a Torino! A fare lo stronzo con Myriam. Noi abbiamo dovuto lavorare di notte per cambiare tutto!».

«Sarei venuto».

«Vabbè» si intromise Sandro. «È andata. Era una sciocchezza, Ludovico, l'abbiamo fatta, il nostro progetto è passato, abbiamo il lavoro. Ora non pensiamoci più e godiamoci 'sta vacanza».

«Hai ragione, Sandrino» fece Ludovico, «è che sono un po' stanco. Scusa Carlo...».

«No, scusa tu. L'importante è il lavoro. Alla nostra!» e alzò il bicchiere colmo a metà di vino rosso. Sandro e Ludovico lo imitarono e fecero un brindisi guardandosi negli occhi.

«Parlando di cose serie. Domani sveglia all'alba. Apro io, segue Sandro e tu Ludovico chiudi».

«Va bene». Sandro si asciugò labbra e baffi. «Controlliamo l'attrezzatura ora?».

«Domani, Sandro... ora andiamo a letto e cerchiamo di dormire».

«Alle sei e mezza?» protestò Ludovico guardando l'orologio.

«Alle sei e mezza!» rispose Sandro.

Ludovico guardò triste i tre sacchi a pelo già posizionati sulle brande.

Era sgattaiolato fuori dalle coperte di Nora alle tre di notte per uscire in strada al freddo, sotto un nevischio insistente. A piedi fino a casa sua dove era riuscito a farsi altre tre ore di sonno. Poi non c'era stato più verso di addormentarsi. Dopo la doccia e la vestizione aveva guardato fuori dalla finestra convinto che avrebbe dovuto affrontare un'altra giornata fredda, squallida, grigia. Invece con il suo massimo stupore, un sole splendente e aggressivo illuminava la città. Sorrise appena e gli venne voglia di uscire e camminare per le strade di Aosta, a viso aperto, pronto a farselo schiaffeggiare dai raggi e dal calore.

I turisti già affollavano le strade del centro, prendevano d'assalto i negozi di souvenir, scattavano foto senza una apparente logica a tutto ciò che gli si parava davanti. Con le mani in tasca entrò da Ettore per fare colazione. Trovò il banco pieno di gente che comprava uova di cioccolato in mostra sulle mensole del locale. «Che prende, dottore?».

Mai dalla sua bocca sarebbe uscita la fatidica frase: il solito! Significava arrendersi all'evidenza di essersi integrato, avere un'abitudine con quella città, e ammettere che lì gli toccava restare per il resto dei suoi giorni fino alla pensione. Quindi ogni mattina cambiava ordinazione. «Un decaffeinato macchiato caldo con latte di soia e senza cacao!» disse. Ettore annuì. «E vuole anche la brioche al cioccolato?».

«No. Semplice, col miele!» che poi neanche gli piaceva tanto il miele, ma erano tre colazioni che ordinava il cornetto al cioccolato. Errore da non ripetere con tanta leggerezza.

Perse ancora un'oretta a guardare i negozi e alla libreria Aubert, dove comprò due romanzi. Ormai non aveva più scuse. Doveva andare in ufficio a passare un'altra giornata di noia colossale seduto a fumare e a sentire le cazzate dei suoi agenti. Ed erano ancora le dieci e mezza.

Solo a mezzogiorno passato, dopo una canna, sei Camel, due caffè al distributore e tre partite a poker on line, arrivò la telefonata che avrebbe movimentato quella Pasqua di noia.

«Dottore!» disse Italo affacciato alla porta.

«Che c'è?».

«Telefonata dal 118. Un brutto incidente…».

«E cos'abbiamo stavolta? Una vecchia è scivolata sul ghiaccio? A un turista hanno rubato una grolla di legno?».

«No, Rocco, una cosa brutta. In montagna. Un alpinista…».

«Che?».

«Caduto dal Polluce. I soccorsi sono già sul posto».

«Cos'è il Polluce?».

«È una cima. 4.092 metri».

«Che ci faceva lassù?» a parlare fu la totale inesperienza di Schiavone. Lui di montagna ne sapeva poco o niente, non riusciva ancora a convincersi che fosse un luogo dove passare le vacanze.

«Si scala. Si va lassù a conquistare la cima».

«Co 'sto freddo?».

«D'inverno è più difficile».

«L'ho visto. E questo ci ha lasciato la pelle?».

Italo annuì. «Un volo di qualche centinaio di metri».

«E io che devo fare? Non ci sono quelli del soccorso?».

«Sì, ma insomma, forse dovremmo...».

«Cosa? Mi vuoi mandare a 4.000 metri? Ma che sei deficiente?».

Il corpo di Ludovico Venier arrivò alla morgue mezz'ora dopo. I giornalisti s'erano già sparsi per procure, questure, alla centrale del soccorso alpino a carpire informazioni. L'Ansa aveva messo in rete la notizia e una televisione locale era pronta con il servizio da mandare in onda. Schiavone aveva raggiunto l'aeroporto Gex. L'elicottero rosso del soccorso alpino era fermo sulla pista. Accanto al mezzo lo attendeva un uomo biondo e bassino, vestito di rosso. Ai piedi portava scarponi giganteschi. Mangiava una banana.

«Vicequestore Schiavone, questura di Aosta».

«Sono Michele Dujardin, il medico...».

«Mi spiega cos'è successo?».

«È semplice. Alle 12 e 15 abbiamo ricevuto una telefonata di soccorso. Siamo partiti. Abbiamo trovato il corpo di Ludovico Venier ai piedi della parete rocciosa del Polluce. Un volo di qualche centinaio di metri».

«Morto sul colpo?».

«Direi di sì. Sul volto parecchi segni e sangue intorno alla bocca. Aveva i pantaloni calati e parecchie ossa fracassate».

«Pantaloni calati?» chiese Rocco.

«Già. Era su con due compagni di cordata. Li abbiamo portati all'ospedale. Hanno qualche escoriazione e sono sotto shock. I miei colleghi hanno deciso di trattenerli per una notte almeno».

Dopo aver ordinato il sequestro dell'attrezzatura da montagna degli alpinisti, come da procedura, alle due del pomeriggio Rocco entrò nella stanza dov'erano ricoverati Carlo Polenghi e Sandro Biamonte distrutti dal dolore. Carlo aveva un'escoriazione sul viso. Sandro invece guardava la finestra e respirava lento. Erano sfiniti. Rocco aveva preso una sedia e s'era piazzato ai piedi del letto di Carlo. Notò che Sandro aveva un polso fasciato.

«Ce la fate a spiegarmi come è successo?».

Annuirono insieme.

«Evitate termini tecnici che io non ne so niente» si raccomandò Rocco.

«Siamo partiti all'alba dal rifugio delle guide della Val d'Ayas. In cordata e...».

«Stop!» fece Rocco. «Che significa?».

Prese la parola Carlo. «Io sono il più esperto e aprivo. Legato alla corda c'era Sandro e per ultimo Ludovico, quello che mastica meno la roccia, che chiudeva la fila».

«Mastica la roccia?».

«Sì, insomma, che ne capiva meno».

«Vada avanti...».

«Abbiamo superato un piccolo terrazzo».

«Aristop! Che è?».

«Una sporgenza della roccia. Più o meno un metro. Una piazzola, ecco».

«Continui...».

«E poi abbiamo ripreso la salita. Ci avvalevamo anche dei canaponi che...».

«Stop! Che cazzo sono i canaponi?».

Stavolta a rispondere fu Sandro: «Sono delle corde messe dalle guide per facilitare la salita. Faccia conto, dottore, dei corrimano... come nelle scale di un condominio». Le parole gli uscivano a fatica.

«Ottimo. Poi?».

«Siamo arrivati in cima. Uno splendore. Siamo stati un po' lassù a goderci la vista, a 4.000 metri il panorama può togliere il fiato, e Sandro ha fatto una foto a tutti e tre. Insomma, l'impresa per degli alpinisti non professionisti non è roba da poco, sa?».

«Poi?».

«Poi abbiamo cominciato la discesa. Il primo era Ludovico. Poi Sandro e infine io».

«E mi dica, dottor Polenghi, cos'è successo?».

«A un certo punto, neanche a metà discesa, Ludovico ci avverte che deve espletare un bisogno».

«Che vuol dire?».

Sandro imbarazzato fece: «Doveva fare la cacca».

«Lassù? A 4.000 metri?».

«Succede. Allora approfittò di quel terrazzo. Solo che... ha fatto un errore».

«Quale?».

«S'è tolto l'imbracatura. S'è slacciato i pantaloni ed è scivolato giù...». Sandro chiuse gli occhi. «Noi abbiamo sentito un grido e abbiamo capito. Lo chiamavamo ma lui non rispondeva. Da lassù non vedevamo il terrazzo. Abbiamo cominciato veloci la discesa e l'abbiamo visto...».

«Era ruzzolato fino ai piedi della parete ed è finito in fondo, sul ghiacciaio». Sandro riprese a guardare la finestra.

«Una cosa terribile» aggiunse Carlo. «Allora abbiamo chiamato subito il soccorso e abbiamo terminato la discesa. Quando siamo arrivati in contemporanea con l'elicottero Ludovico era già...». Carlo tirò su con il naso. Rocco annuì.

«Perché s'è liberato dell'imbraco?» chiese il vicequestore.

«Chi lo sa, dottore? Forse non riusciva a slacciarsi i pantaloni» azzardò Sandro.

«So che siete colleghi di lavoro».

«Sì. Abbiamo uno studio di arredamento d'interni. Siamo architetti».

«Avevamo appena chiuso un affare importantissimo con una compagnia aerea... la svolta delle nostre carriere, dottore».

«Questo Ludovico Venier ha famiglia? Figli?».

«No. Era un po'... diciamo farfallone».

«Si divertiva» disse Rocco. «Voi come vi sentite?».

«Male, dottore. Male» rispose Carlo. Sandro invece si portò la mano col polso fasciato al viso e si asciugò gli occhi.

«Le vostre famiglie?».

«Stanno salendo le nostre mogli, da Biella. Siamo di lì».

«In bocca al lupo» fece Rocco e si alzò dalla sedia.

«Una sfiga tremenda». Italo era nell'ufficio di Schiavone insieme a Caterina.

«Non è sfiga, Italo. Se uno va in pieno inverno a scalare una montagna di 4.000 e passa metri può succedere. Sfiga è uno che attraversa la strada per andare a fare la spesa e gli cade un vaso in testa».

«Già» concordò il viceispettore Rispoli.

«'Sti cosi sono fatti da paura!» il vicequestore armeggiava col cellulare ultima generazione del fu Ludovico Venier. «Ha fatto un volo di non so quanti metri e funziona ancora».

«Ecco qui!». Casella era entrato senza bussare.

«Non si bussa più?».

«Ho trovato la porta aperta e credevo che...».

«E credevi male! Che vuoi?».

Casella depositò un foglio sulla scrivania di Rocco. «Direttamente dall'obitorio. Questa è la lista degli oggetti del cadavere. Gliela lascio qui?».

Rocco ci buttò un'occhiata distratta: «Fai pure...».

«Posso andare?».

«Ma magari» disse Rocco con gli occhi sulla lista.

«No, dico... a casa?».

«Sono le tre e mezza, Casella, vuoi andare a casa?».

«Io ho finito. Giù alle denunce ci sono...».

«Non hai il permesso. Vai a lavorare, rimetti a posto l'archivio, c'è una montagna di pratiche accumulate che 'st'inverno ci vanno a sciare. Arriva fino all'orario e poi te ne puoi andare a casa».

Casella mise su la faccia triste e uscì dall'ufficio.

«Che palle... com'è un guanto solo?».

Italo si avvicinò al vicequestore e buttò un'occhiata alla lista. «L'avrà perso cadendo?».

«Qui dice un guanto d'alpinismo North Face destro. Dov'è il sinistro?».

«In effetti è strano» disse Caterina. «Si usano dei guanti e si agganciano con un laccetto al polso così te li puoi togliere se hai bisogno di sensibilità alle dita, ma rimangono appesi. E poi è facile rimetterli».

«Sei esperta di montagna?» le chiese Rocco.

«Insomma, a venti anni ci andavo spesso».

«Magari se l'era tolto per slacciarsi i pantaloni, no?» azzardò Italo.

«Sì, ma sarebbe rimasto allacciato al polso, giusto, Caterina?».

«Forse il nastrino nella caduta s'è rotto? Anche se la vedo difficile».

«Forse. Ma perché il sinistro? Era mancino?» chiese Rocco.

«Boh! Lo possiamo chiedere ai suoi compagni» propose Italo.

«O magari...». Rocco riafferrò il cellulare di Ludovico. Aprì le fotografie. «Se si è fatto gli autoscatti, li ha sicuramente fatti con la mano che usava, no?».

«Giusto!» fece Caterina.

«Ecco. La più recente... sono in posa sul picco... e il nostro usa la mano destra, no?» passò alla seconda foto. «Anche qui di fronte al rifugio delle guide della Val d'Ayas... Tutti e tre in posa! E usa ancora la destra».

Caterina e Italo s'erano messi accanto al capo a guardare le foto. «Ci stiamo facendo gli affari di questo poveraccio» mormorò Italo.

«No. Facciamo il nostro lavoro. Eccoli qui tutti e tre... è di ieri. Venier in questa seconda foto non ha i guanti».

«Già».

Rocco osservò la foto in silenzio. Tre omoni imbacuccati con la faccia da bambini felici. «Agenti, cosa c'è che non va?».

I due poliziotti guardarono attentamente l'immagine sul display. «Sorridono... alzano tutti la mano come per salutare... l'attrezzatura alle loro spalle... non saprei» disse Caterina. Rocco invece riprese il foglio arrivato dalla morgue. Riguardò la lista. Senza dire niente afferrò il telefono. Compose un numero. «Schiavone, mi passa Fumagalli?».

«Ma che succede, dottore?» chiese Italo che in presenza di terzi tornava a dargli del lei.

«Alberto? Schiavone!».

«Che vuoi?».

«Senti un po', a proposito del morto su in montagna».

«Poveretto. È ridotto malissimo. Presenta fratture alla base del cranio e alla spina dorsale... poi i polsi e le dita delle mani sono spappolati e...».

«Non me ne frega niente delle fratture. Parliamo della lista degli oggetti».

«Compilata da me personalmente».

«Ne manca uno. Un orologio da polso con cinturino d'acciaio a chiusura automatica».

«Amico caro, io non dimentico nulla, lo sai. Se non c'è su quella lista, non è qui. Figurati se dimenticavo un orologio da polso!».

«Ma lui l'aveva» disse Rocco. «Lo sto guardando adesso, su una foto dal suo cellulare».

«L'ha perduto nella caduta?» suggerì Caterina.

Rocco annuì e trasferì la domanda all'anatomopatologo.

«Avrebbe potuto perderlo, sì» rispose quello, «ma se avesse avuto i guanti, come poteva succedere?».

«A proposito di guanti, guarda che il sinistro non c'è...».

«Allora ammettiamo che quando è caduto non aveva i guanti... e ammettiamo pure che una roccia gliel'abbia strappato, insomma, un cinturino d'acciaio a chiusura automatica è cosa difficile, ma ripeto, ammesso e non concesso... avrebbe delle escoriazioni sul polso, no?».

«Già. E ce l'ha?».

«E che ne so? Mi fai andare da Ludovico a controllare?» e il medico buttò giù la cornetta.

Italo se ne stava in piedi con gli occhi sbarrati: «Ma che significa? Che gliel'hanno rubato?».

«Rubare un orologio a un amico morto? Eccheccazzo, Italo, che sono, iene? Magari è solo una sciocchezza, ora Alberto ci dirà che l'escoriazione sul polso c'è eccome!».

«Non ha niente» si udì dall'altra parte del telefono. «Ha le dita fracassate, ma il polso niente. Né un graffio né escoriazioni. Nulla».

«Cazzo...» mormorò Rocco. «Grazie, Albe'».

«Figurati, dovere».

Mise giù il telefono. Guardò i due colleghi. «Nessuna escoriazione!».

«Che vuol dire?».

«Non lo so, Caterina. So solo che vedo profilarsi all'orizzonte una rottura di coglioni di decimo grado».

«Che facciamo?».

«Ci dividiamo. Caterina, voglio che vai a dare un'occhiata all'attrezzatura di Ludovico e dei due amici che abbiamo sequestrato. Guarda nello zaino, nelle tasche, nell'auto. Magari l'orologio è lì».

«E io?».

«Io e te, Italo, dobbiamo salire, cazzarola».

«Salire dove? Lassù?».

«Sì. Io, te e un paio di guide, a dare un'occhiata».

Italo gli guardò le scarpe: «Mica vorrà salire con quelle!».

«Dici di no?».

«Dottore, con le Clarks a 3.900 metri le amputano

le dita dei piedi, sicuro come il sole. L'ha visto, no? Con queste montagne non si scherza!».

«Cos'è 'sta storia?» chiese il giudice Baldi che Rocco aveva fermato davanti al bar sotto la procura mentre quello beveva un analcolico dal colore preoccupante. Rocco gli riportò l'incidente, i sospetti. «Sento che qualcosa non va, dottore».

Baldi tracannò l'analcolico giallo urina. «Lei mi sale a 4.000 metri?».

«Sì, con l'elicottero però. Ma oggi no. È tardi, fra poco è buio. Saliamo domattina presto».

«E cosa vuole da me?».

«Mi serve dare un'occhiata a...» trasse dal profondo della tasca del loden una carta. La aprì. «No, questa è la bolletta del telefono» cercò nell'altra tasca. Una seconda cartuccella bianca stropicciata. «Questa è una multa che ho beccato in centro. Mi devo ricordare di farmela leva'...».

Baldi alzò gli occhi al cielo. «Se è una cosa di giorno, Schiavone, che io per Pasqua avrei da fare».

Rocco prese il portafoglio e finalmente nella taschina dei soldi spiccioli trovò il biglietto da visita. «Ecco qui! Si chiama: Inner Life. È una società di arredo d'interni. Sono di Biella».

«E cosa ci dovrei cercare, se è lecito?».

«Non lo so neanche io. Però le cose non mi quadrano. E allora mi sono chiesto: cui prodest?».

«Eh già... cui prodest scelus, is fecit!».

«Gli studi classici so' sempre studi classici, giusto dottor Baldi?».

«Non bastava usare un volgarissimo *movente*?».

«E allora saremmo come tutti gli altri, no?».

«Spesso mi chiedo, fra le tante questure d'Italia, lei proprio quassù doveva finire?».

«Sapesse quante volte me lo chiedo io!».

«Lo è il piede dei ruminanti, sette lettere» urla Marina dal divano. Invece di dirmi com'è che 'sto sugo non s'addensa. «Perché il sugo è acquoso?».

«Ci hai messo troppo olio?».

«Macché».

«Hai aggiunto acqua?».

«Un po'».

«Porta pazienza e gira. Allora? Il piede dei ruminanti?».

«Che ne so? Zoccolo?».

«No. Comincia per B e finisce per O».

«Bifido?».

«Quella è la lingua dei serpenti... aspetta, faccio il 3 verticale... facile, è iride... 4 verticale: dice di saperne parecchio».

«Sapiente?» le suggerisco.

«No, il sapiente ne sa per davvero. Questo è saccente! Allora la parola è BIS poi tre lettere poi O».

«Bisbetico?».

«Rocco, non ci sai fare. Trovato! Bisulco! Bella parola. Me la segno».

Mi affaccio in salone. È stravaccata sul divano. I polpacci sul bracciolo. I piedi scalzi poggiati sull'aria. «Non senti freddo?».

Mi guarda e sorride. «Bel sole oggi... hai visto? Domani vai lassù?».

«Quattromila metri. Roba da matti».

«Copriti, e non ti azzardare ad andare con il loden e le Clarks. Ti ritrovano ad agosto allo scioglimento dei ghiacci».

«Mica male come cosa, no?».

«Fa' meno il cretino».

Vado al divano. Le prendo i piedi in mano. «Vuoi un massaggio?».

Ride. Le ha sempre fatto il solletico. «Perché non metti un po' di quadri in casa? C'è un'aria triste».

«Stanno tutti a Roma... non mi va di portarli qui».

«Sì, ma c'è un'aria triste».

«C'è l'aria che ci deve essere, Mari'...».

Si alza. Poggia la «Settimana Enigmistica» sul cuscino. «Bisulco» mi dice. «Il piede di un ruminante...».

Che vuol dire. «Sarei io? Un ruminante?».

Si fa una bella risata e sparisce in camera da letto. Sono io, allora. Rumino. Rumino e non digerisco.

Lo vestirono con l'attrezzatura da montagna. Giacca rossa, pantaloni rossi, imbottiti, scarponi neri, pesanti, coi lacci gialli. Si mise un berretto di pile in testa e come un astronauta avanzò verso l'elicottero che aveva le pale già accese. Italo gli scattò una foto: «Sei bellissimo» urlò per superare il rumore del motore.

«Vaffanculo!» gli rispose Rocco. «Sembro un palombaro!».

«Ce la fai a salire o vuoi un aiuto!».

«Arivaffanculo Italo» e mise un piede sull'elicottero. Il frastuono all'interno era insopportabile. Batté sulla spalla del pilota. «Non è che 'sto coso casca come un sercio?» chiese.

«Intende: non è che il mezzo cade giù come un sasso?» tradusse Italo.

«Tranquillo, dottore, è una meraviglia».

Salirono anche il medico e le due guide alpine, cariche di corde e di zaini, e finalmente chiusero le porte. Il motore salì di giri poi magicamente l'elicottero si staccò da terra. Rocco stringeva il bracciolo della sedia.

«Prima volta?» gli chiese Michele Dujardin.

«Su 'sto fregno? Sì».

«Tranquillo, dottore» fece una delle due guide con la barba lunga. «È sicuro».

«Sarà...».

«Metta questi» e tirò fuori due specie di tagliole di ferro.

«Che roba è?» urlò Rocco per farsi sentire. «Una trappola?».

La guida sorrise. «Atterriamo sul ghiacciaio. Sono ramponi, altrimenti scivola e rischia brutto».

Rocco guardò quei due oggetti dentati. La guida gli fece cenno di alzare un piede. Rocco glielo porse. Si sentì un cavallo da ferrare.

Tac! Con un solo gesto fece scattare una molla e chiuse l'attrezzo con un cinghietto. Lo stesso fece con il secondo. Il vicequestore si guardò i piedi. «Ma come faccio a cammina' co 'sti cosi?».

«È più facile di quanto creda».

Sorvolarono la valle, superarono la città e cominciarono a volare in mezzo alle montagne. Italo guardava lo spettacolo di neve e rocce. Le guide erano indaffarate con l'attrezzatura mentre il medico giocava a qualcosa sul cellulare. Rocco ogni tanto buttava un'occhiata. Sui tetti bianchi degli alpeggi, le rocce nere e acuminate come denti di un rettile preistorico. I ghiacciai azzurri e la neve che ricopriva tutto. Una stradina appena visibile, altre casette sparse. I boschi s'erano diradati per lasciare il posto al manto bianco e alle pietre nere. Un paesaggio lunare circondato dalle corone dei monti. Italo alzò l'indice: «Ecco» urlò, «vede quel cocuzzolo laggiù? Quello è il Polluce. E accanto c'è il gemello, il Castore!».

«Che cazzo c'entrano gli argonauti con due picchi alpini?».

«Non lo chieda a me» fece Italo. «Io ho fatto l'alberghiero!».

Lentamente l'elicottero cominciò la discesa. Si avvicinò sempre di più al terreno alzando una massa di neve che copriva la visuale. Si assestò e finalmente il pilota mise il motore al minimo. «Quanto restate?» chiese a Rocco voltandosi all'indietro.

«Non lo so. Un paio d'ore, se mi regge».

«Allora io vado giù. Alla fine chiamate e torno a prendervi» e alzò il pollice a dare l'OK. Cominciarono a scendere. Prima Rocco Italo e il medico, infine le due guide che scaricarono il materiale. La neve era dura. Italo appoggiò la mano sulle spalle di Rocco per fargli abbassare la testa e lo portò a distanza dall'elicottero. Il vicequestore avanzava nel ghiaccio con i denti dei ramponi che si infilavano nella neve. «Ma come cazzo si fa a cammina' co 'sti cosi...».

«Venga...» disse.

Si allontanarono di una ventina di metri. Il motore aumentò i giri, le pale alzarono nuovamente una nube di neve. «Si copra gli occhi!» urlò Italo. Poi il bestione riprese il volo e in un attimo sparì alla vista lasciando solo l'eco degli schiaffi nell'aria rimbalzare sulle coste delle montagne.

Nonostante la bella giornata di sole, la temperatura doveva essere di parecchi gradi al di sotto dello zero. Rocco alzò lo sguardo verso la roccia. «È lì?» chiese alle guide.

«Sì, l'abbiamo trovato laggiù, alla fine della parete. Vicino a quella sporgenza nera».

Più giù di una cinquantina di metri si vedeva il tetto del rifugio. «E quello che è?».

«Quello è il rifugio delle Guide d'Ayas, dottore» rispose Italo.

«Mi stai dicendo che qualcuno ci vive?».

«D'inverno no. D'estate sì».

«E andiamo, va'».

Rocco con un passo incerto seguiva il medico, le guide alpine e Italo che invece sembravano aver vissuto sempre in mezzo a quel ghiaccio. Gli girava la testa e il fiato era corto e spezzato. «Porca puttana» sibilò fra i denti. «Co 'sti cosi ai piedi sembra di avere gli zoccoli!». La schiena di Italo che lo precedeva ebbe un sussulto. «Cazzo ridi, Pierron? Poi te le faccio pagare tutte in una volta!». Finalmente giunsero sul posto. «Ecco, ci siamo. Il corpo era qui» ancora evidenti sulla neve le tracce di movimenti di un sacco di persone. «E da dove sarebbe caduto?».

La guida barbuta alzò lo sguardo: «Vede lassù? C'è quella rientranza nella roccia... quella specie di piazzola?».

«No, non la vedo».

«Lì, accanto a quei due buchi in parete... tenga» gli passò il binocolo.

Rocco puntò l'obiettivo fra la neve ancora adagiata sulle pietre e una corda bianca legata alla montagna.

«Cos'è quella cosa bianca?».

«È un canapone. Serve per aiutarsi nel caso...».

«Ah, sì sì» disse Rocco memore del dialogo avuto in ospedale con Carlo e Sandro. «Tipo un corrimano in un condominio».

«Esatto! Ora vada a destra di quella fune e troverà la sporgenza».

«Ecco, sì. Ora la vedo».

«Pare che Ludovico Venier si sia accovacciato per... insomma per fare la cacca ed è scivolato...».

Rocco guardò il precipizio. Diverse centinaia di metri. Un volo da far accapponare la pelle.

«Insomma, si sarebbe fermato lassù per defecare, è scivolato giù e addio...». Rocco restituì il cannocchiale alla guida. «Io ho bisogno di una cosa».

«Dica, dottore!».

«Io lassù non ci arrivo manco teletrasportato. Salite voi».

«Al terrazzo?».

«Al terrazzo. E date un'occhiata».

I due, rapidi e silenziosi, si prepararono alla salita.

«Guardi come fanno. È uno spettacolo!» disse Italo entusiasta.

E uno spettacolo lo erano davvero. Agili e veloci, le due guide raggiunsero in poco tempo il piccolo terrazzo. Rocco era rimasto a guardarli con tanto d'occhi. «Questi non sono uomini, so' stambecchi». Il poliziotto trasteverino stava scoprendo un mondo nuovo. Dujardin e Italo sorrisero. La radio del medico gracchiò: «Ci siamo!».

Rocco la afferrò. «Ottimo. Date un'occhiata, passo».

«Che cerchiamo? Passo».

«Il massimo sarebbe se trovate un orologio, passo».

Italo guardò Rocco scettico.

«Va bene anche il minimo? Passo?» disse la radio.

«Perché? Passo?».

«Una cosa l'abbiamo trovata, ma non la tocchiamo, passo».

«Bravi». I due avevano visto qualche telefilm poliziesco. «E posso sapere cos'è? Passo?».

«Sembrerebbe... sì, direi una gomma americana...».

Alberto Fumagalli guardò l'involucro di plastica che conteneva la gomma biancastra. La afferrò con le pinzette tirandola fuori dalla bustina. «Uhm...».

«Mi pare che quella macchia...» disse Rocco «potrebbe essere sangue, no?».

«Potrebbe». Con perizia il medico aprì il chewing-gum come fosse il muscolo di una conchiglia. «È sangue, Rocco, te lo dico con sicurezza».

«Perché?».

«Se guardi bene qui dentro c'è anche un pezzo di dente. A prima vista sembra un incisivo. E conta che al cadavere gliene mancano sei. Mi gioco lo stipendio che questa mezza mentina gli appartiene...».

«Cazzo...» fece il vicequestore, «dammene prova certa, per favore».

«Mi metto al lavoro. Ma è una brutta notizia?».

«Per me no. Anzi, è la notizia!».

Incrociò Caterina Rispoli nei corridoi della questura. Erano le tre del pomeriggio, e non mangiava dalla sera prima. «Dottore! Ho esaminato le attrezzature di Polenghi e Biamonte».

«E?».

Caterina spiegò il foglio che aveva in mano: «Ci sono due corde da 80 metri blu, due piccozze, due caschi, tre paia di calze, due coltelli, un asciugamano, due lampade frontali, due...».

«Orologi?».

«Niente, dottore. Niente orologi».

«Allora vieni con me. Portami in ospedale».

«Si sente poco bene?».

«No. Diciamo che ho una sola carta da giocare e speriamo che funzioni. Avverti Italo che stanotte ce la passiamo cuore a cuore io e lui».

Il viceispettore lo guardò senza capire.

«Poi ti spiego. Cose da uomini».

«Lo sa?» gli disse. «Sta bene vestito da alta montagna. Le dona».

Il vicequestore sorrise lusingato: «Non paro un astronauta?».

«No, assolutamente. Più una sorta di vecchio alpinista che...».

«Hai detto una parola sbagliata».

«Alpinista?».

«Vecchio! Avanti marsch! Vieni con me!».

Carlo e Sandro erano seduti sul letto della loro stanza d'ospedale. Avevano abbandonato la camicia da notte e recuperato i loro abiti d'alta quota, non vedevano l'ora di lasciare la corsia.

«Signori miei, potete anche tornare a Biella. So che avete affari in corso e non voglio assolutamente ritardare la vostra partenza per delle sciocchezze burocratiche» esordì Rocco entrando nella stanza.

«Grazie... credo che prima di tornare in montagna ne passerà del tempo» fece Sandro toccandosi la fasciatura intorno al polso.

«Secondo me invece fareste bene a riprendere subito. Un po' come quando si cade da cavallo. Subito in sella, altrimenti non si ritorna più».

«Forse ha ragione» disse Carlo alzandosi dal letto.

«Potete riprendervi l'attrezzatura, la trovate in questura».

«Grazie». Carlo sorrise.

«Solo una cosa mi dà fastidio e non capisco» disse

Rocco. «Il vostro amico sfortunato, Ludovico... aveva un orologio da polso».

«Sì, un Rolex. Glielo regalammo noi tre anni fa».

«Bene, non si trova più».

«Come...» fece Carlo.

«E la cosa mi disturba. Perché Dio non voglia che qualcuno del soccorso abbia messo le mani dove non doveva!».

«Ma dottore!» fece Caterina. «Quelli del soccorso sono persone di specchiata fiducia!».

«Lo so. Ma l'orologio, il Rolex, non c'è».

«Forse gli sarà caduto?» azzardò Sandro.

«Naaa, impossibile. Non vi sto a spiegare perché. Comunque io vi giuro su Dio che da domani riprendiamo le ricerche, setacciamo tutta la zona, costi quello che costi. Ne va del buon nome mio, degli uomini della questura e di quelli del soccorso. Io l'orologio lo devo ritrovare. E appena lo ritroverò, ve lo spedirò a Biella. Ci tengo».

«È... è un bel pensiero da parte sua» affermò Sandro.

«Dovere. Bene, signori miei, è stata una brutta storia, spero ve la dimentichiate al più presto. Vi saluto!» e portandosi la mano alla fronte salutò da militare i due alpinisti. Caterina lo seguì.

In corridoio il viceispettore sussurrò al capo: «Ma veramente tutto questo tran tran per un orologio?».

Il solito elicottero, con un volo crepuscolare, li aveva fatti scendere al rifugio Guide d'Ayas. Il freddo tagliava le facce dei due poliziotti come una lama di rasoio spuntata. Pungeva sui loro visi, fracassava la pelle.

«Non c'è nessuno?» chiese il vicequestore vedendo le luci spente.

«Te l'ho detto, Rocco, è aperto solo il rifugio invernale. D'estate ci sono i gestori, adesso no».

L'elicottero ripartì e veloci il vicequestore Schiavone e Italo Pierron entrarono. Buio. Rocco provò ad accendere la luce. «Non c'è. Solo candele» e Italo ne prese un paio che erano messe lì apposta per i viandanti.

«Accendine di più. Non mi piace stare al buio!».

Italo ne consegnò due al vicequestore, due ne prese lui.

Lo stanzone aveva sei letti. Al centro un tavolaccio. Su una specie di mensola c'erano due fornelletti da campeggio e una libreria scheggiata in più punti conteneva barattoli e piccole bottiglie.

«Che se magnamo?» chiese Rocco. Italo indicò la libreria. «Vedi un po' che c'è?».

«Ma te m'avevi detto che i rifugi sono quasi degli alberghi...».

«Ancora? D'estate. D'inverno no. Il cibo è lì sopra».

«Che roba è?» chiese Schiavone incollando le due candele sul vecchio tavolo. «Italo, io non mangio da ieri sera...» si avvicinò alla dispensa «... fagioli che se ricordano mio nonno. Piselli... tre zuppe liofilizzate con funghi e... no, vabbè, se mangio una di queste mi viene il tifo! So' mezze arrugginite 'ste scatole».

«Te l'avevo detto di portare qualcosa noi da giù,

no?». Italo afferrò una scatoletta. «Guarda qui! Questa l'ha lasciata un russo sicuramente! Polpa di granchio!».

«Ma che sei matto? Poi la lavanda gastrica chi me la fa? Non abbiamo una merendina, un cracker... va bene pure un pacchetto di Valda, che ne so?».

«No, Rocco. Se hai fame devi mangiare una di queste. E anzi ringrazia gli alpinisti che le hanno generosamente lasciate, sennò stavi a digiuno».

«Preferisco». Si staccò dalla scansia. Saggiò il letto. «Ma c'è solo la rete!».

«Per questo ho portato due sacchi a pelo». Italo andò agli zaini e li aprì. Afferrò una specie di coperta verdastra e la svolse su una branda. «Vedi? Dormiamo qui dentro».

«Ma che cazzo... ma è peggio di un campeggio! È da quando ho 16 anni che non ci vado, l'ho giurato a me stesso, povero sì, ma piuttosto niente vacanze. Il campeggio è all'ottavo livello delle mie rotture di coglioni, lo sai?».

«Vuoi dormire fuori? Ci sono 20 gradi sottozero! A che livello di rottura di coglioni è morire congelato?» e gli lanciò un sacco a pelo blu. «Provalo».

«Ma va va...» si mise una mano in tasca e prese il pacchetto di Camel.

«Qui non si può fumare!».

«Neanche?».

«Ma lo vedi che è tutto di legno? Se vuoi fallo fuori. Io non muoio bruciacchiato per colpa tua!».

Rocco scosse la testa e aprì la porta del rifugio. Un vento gelato lo colpì in pieno viso. Il corpo tremò dalle unghie dei piedi alla testa coperta da un berretto di lana. Ci rinunciò e rientrò immediatamente nella stanza.

«Embè?».

«Embè che? Fuori è il polo».

«Te l'avevo detto. Dai, mettiti giù. Facciamo i turni. Io preparo qualcosa. Faccio una zuppa?».

«Ma se manco abbiamo l'acqua».

«La vado a prendere fuori. Non so se hai notato quella cosa bianca tutt'intorno: è neve. Se la sciogli, miracolo! Hai dell'acqua!».

«Fa' poca ironia, imbecille!».

Italo senza paura uscì ad affrontare il gelo. Rocco si affacciò alla finestrella che dava sulla valle. Una linea arancione disegnava le creste nere e i picchi, poi il cielo degradava verso un azzurro che diventava viola e infine, proprio sopra la sua testa, blu cobalto. Le stelle s'erano accese e a guardarle provava ancora più freddo di quanto già non ne facesse. Sentiva una puzza di muffa, cose morte, calzini sporchi, vino vecchio misto a legno fradicio, ascelle. «Che schifo...» disse fra i denti. Si sedette sulla branda. Affondò al centro, peggio che se si fosse seduto su una pozza di fango. Decise che il sacco a pelo l'avrebbe messo per terra. «Ma come cazzo m'è venuto in mente, dico io...». Si alzò. Su un tavolino alto che sembrava un leggio c'era un librone. Sopra gli alpinisti avevano lasciato decine di messaggi.

«22/12/2012 saliamo al Polluce! Grande giornata. Ugo Mario e Carla. 3/01/2013 happy new year!!! Frank & Andrew» faccette sorridenti, disegni di cani, cavalli, due donne nude. Italo rientrò sbattendo i piedi. «Mamma mia!» disse con la mandibola che tremava dal freddo. Nella pentola aveva raccolto un sacco di neve. «Dai, sorridi, Rocco. Ci facciamo la zuppa liofilizzata funghi e asparagi!».

«Te la magni tu!».

«È una cosa calda, pensaci! Accendino!».

«Ah, per cucinare si può e per fumare no?» e lanciò il briquet a Italo. Quello girò la manopola del primo fornelletto a gas. Niente. La seconda. Stesso risultato. «No gas, no zuppa!».

«Mi viene da piangere».

«Dai, Rocco, scegliti una bella scatola e ceniamo a lume di candela. Non è romantico?».

«No».

«Io prendo tonno e fagioli. Tu? Qui c'è pure una cosa strana, mi sa che è polacca... dal disegno si direbbero crauti» e lanciò il barattolo a Rocco.

Rocco l'osservò attentamente al lume della candela. «Dal disegno sembra merda di cane, Italo. Polacca, ma sempre merda è!» e gli restituì la lattina. «Niente. Io digiuno. Preferisco!».

Avvolto nel sacco a pelo come una mummia, tirava fuori solo la faccia e non riusciva a dormire. Il primo turno di guardia l'aveva preso Italo che stava appiccicato alla finestra. Alle decine di puzze schifose s'era aggiunta pure quella del tonno rancido della scatoletta. Avrebbe vomitato se nello stomaco ci fosse stato qualcosa. Provò a rigirarsi, ma il braccio incastrato nell'involto di piume d'oca non si muoveva. E la gamba destra sembrava stretta da un nodo scorsoio. «Porca troia...» bofonchiò scalciando.

«Non riesci a dormire?» chiese Italo.

«E come? Sembra che m'hanno legato qui dentro!».

«Facciamo a cambio? Io sto crollando».

«E famo a cambio». Provò a tirare fuori la mano per aprire la zip, ma non ci riuscì. «Aprime 'sta cazzo di trappola!».

Italo lo aiutò. Rocco scalciò via quell'inferno in poliestere e si alzò in piedi.

«Rimettiti le scarpe però, sennò t'ammali».

Rocco le infilò e andò alla finestra. Italo invece si stese sulla branda. Lento si chiuse la zip, poi gli occhi, neanche dieci secondi e l'agente si addormentò.

Come fa? pensò Rocco. Dalla piccola finestra si vedeva solo il buio della valle. C'era però la luna che aiutava e il nitore della neve rifletteva la luce. Spettrale, fu l'aggettivo che gli venne in mente. Appostamenti ne aveva fatti, in auto, su un treno, una volta addirittura nella gabbia di una gru. Ma a quasi 4.000 metri di altezza non gli era mai capitato.

Questi so' matti, e ripensava alle persone che salivano fin lassù, affrontavano giornate di privazioni, di stenti, rischiando la pelle per potersi arrampicare sulla cima di uno di quei mostri solo per poter dire: «Io ci sono stato!». Pensò a Trastevere, alle luci dei locali, alle risate delle ragazze, alle gambe lunghe e tornite che attraversavano Ponte Sisto. Via delle Coppelle, uno spritz da Ciampini. Un rumore leggero attrasse la sua attenzione. La scatoletta di tonno e fagioli posata sulla mensola del cucinino aveva un secondo consumatore. Un topo di almeno quindici centimetri se ne stava appollaiato sul bordo a leccare avidamente i resti. Si tolse una scarpa e gliela lanciò.

«Che cazzo!» urlò Italo svegliato di soprassalto.

«Un topo!» fece Rocco.

«E allora?».

«E allora!? C'è una zoccola qui dentro e tu dici *E allora?*».

«M'hai svegliato!».

«A 4.000 metri ci sono i topi?».

Italo neanche gli rispose. Il ratto s'era infilato chissà dove. Saltellando arrivò al cucinino, si accucciò e recuperò la scarpa. In un angolo, ammucchiato, c'era un preservativo usato. «Non ci posso credere!».

«Che c'è ora?».

«Un preservativo!».

«Avranno passato una serata romantica».

«Qui? Che serata romantica passi qui? All'Excelsior con lo champagne passi una serata romantica. Qui devi essere malato di mente per farti una trombata!».

«Ora mi lasci dormire?».

Era tornato alla finestra. All'improvviso le vide. Piccole, fievoli, come due lucciole sperdute in una notte d'inchiostro. «Ci siamo!» gridò. Corse al tavolo e soffiò sulle candele. La stanza precipitò nel buio. Sentì Italo aprire la zip del sacco: «Sei sicuro?».

«Sicuro» e tornò alla finestra. Le due lucine avanzavano verso il rifugio. Lente e continue sembravano danzare sotto la spinta del vento. Italo raggiunse il vicequestore. «Eccoli!».

«Raccogli tutto. Non facciamo trovare niente qui dentro, nel caso si dovessero prima fermare al rifugio». Veloce Italo rimise a posto i sacchi a pelo. Rocco recuperò la lattina di fagioli. «E dove ci nascondiamo?».

«Fuori. Copriti bene...».

Attesero che le due luci si mostrassero per quello che erano: due torce montate sui caschi. Le due ombre avanzavano a fatica nella neve. Stavano affrontando l'ultimo tratto prima del rifugio. Rocco fece un cenno a Italo che lo seguì. Uscirono all'aria aperta. Una mano gelida li afferrò. Veloci andarono a mettersi dietro l'angolo della casa e si accucciarono in attesa.

«Congeliamo...» sussurrò Italo. Rocco si portò l'indice davanti al naso. Un minuto dopo la prima ombra spuntò da dietro la roccia. Un uomo alto, con la luce sul casco che allungò la mano e aiutò il compagno a raggiungere la piattaforma del rifugio. Guardarono il rifugio ma lo ignorarono. Poi proseguirono verso le pareti di roccia.

«Che facciamo? Li seguiamo?».

«No. Guardiamo dove vanno».

Fecero il giro della casupola. Le due luci continuavano a salire verso la roccia scura lasciando un alone chiaro sulla neve. Sparirono dietro un avvallamento.

«Quanto c'è a piedi da qui alla parete?» chiese Rocco.

«Un'oretta almeno!».

«La pistola l'hai portata o l'hai scordata con la cena?».
Pierron neanche gli rispose.

Un'ora e mezza dopo, Carlo e Sandro entrarono nel rifugio. Gettarono gli zaini a terra e accesero le due candele. La salita in piena notte a quasi 20 gradi sotto lo zero era stata dura e faticosa. Respiravano e si guardavano negli occhi soddisfatti. «Come ti senti?» chiese Carlo.

«Meglio» rispose Sandro.

Entrarono nella stanza col tavolaccio e le brande. La fievole luce illuminò due ombre. I due architetti sobbalzarono.

«Buonasera!».

In piedi vicino al tavolo c'era il vicequestore Rocco Schiavone. Davanti al cucinino l'agente Italo Pierron che brandiva la Beretta. Con due passi veloci si mise alle loro spalle davanti alla porta. «Tutto bene?». Carlo e Sandro si guardarono perduti.

«Aprire lo zaino» ordinò Rocco. «Molto ma molto lentamente».

Carlo si chinò. Sganciò la chiusura e lo consegnò a Rocco. «E vediamo cosa abbiamo qui...» rovesciò il contenuto sul tavolo. Una corda blu da arrampicata. Mostrava un capo tagliato e sfilacciato. Un altro piccolo pezzo di corda blu poco più lungo di un metro. Un orologio da polso Rolex con il vetro spaccato. «Ecco qui! Visto, Italo?». Rocco ne osservò il quadrante. «Questo segna le 11 e 35. A che ora è arrivata la chiamata al 118?».

«Alle 12 e 10» disse Pierron.

«Di grazia, posso sapere perché c'è questa discrepanza?». Carlo e Sandro rimasero in silenzio. «Questo orologio secondo me s'è rotto al momento della caduta di Ludovico. Che è avvenuta presumibilmente alle 11 e 35. Perché avete chiamato i soccorsi... vediamo, 35 minuti dopo?».

I due alpinisti tacevano. «Ve lo dico io? Perché prima dovevate fare la messa in scena. Non si è ammazzato precipitando sul ghiacciaio per una sua imprudenza. No, lui è morto prima, sfracellandosi sul terrazzo dove secondo voi voleva cagare. E come c'è caduto? Semplice, gli avete tagliato la corda mentre lo calavate dalla parete che sta lì sopra. Appena si è appeso e si è sporto nel vuoto, zac, un taglio netto con il coltello ed è venuto giù per quindici metri, come da un palazzo di cinque piani. Solo che si è schiantato sul terrazzo. Allora siete scesi, lo avete trovato morto o magari agonizzante, gli avete tolto dall'imbracatura il moncherino di corda tagliata...» e Rocco alzò proprio quel metro di corda blu trovata nello zaino dei due alpinisti, «gli avete calato i pantaloni e lo avete buttato giù per il dirupo. Altrimenti la storia della defecazione a metà discesa mica reggeva, no?».

Italo annuiva convinto.

«Siete arrivati al corpo, e vi siete accorti dell'orologio fermo. Glielo avete tolto. Solo che dovevate rinfilare il guanto, cosa che non avete fatto. Perché? Difficile, forse il povero Ludovico aveva le dita fracassate? Solo allora avete chiamato il soccorso. Ed ecco la

prova di come è caduto il vostro amico sul terrazzo!».
Rocco alzò la corda blu. Mostrò una specie di fiore formato dai fili troncati da una lama, sfilacciati. «Gli avete tagliato la corda! Che poi avete inguattato insieme all'orologio per nascondere le prove. Tutto qua!».

«È una bella ricostruzione la sua. Da romanzo, ma è una ricostruzione» fece Carlo che non voleva arrendersi. «Lui s'era fermato su quel terrazzo per defecare e...».

«E allora mi spiega perché proprio su quel terrazzo abbiamo trovato la gomma da masticare, col sangue di Venier e addirittura un dente incastrato dentro? Mi vuole dire che l'ha sputata lui prima del bisogno e siccome ha la piorrea o roba simile ha perso un dente? Pierron, ce l'hai i braccialetti?».

«Come no... prego, alzatevi signori!». Sandro e Carlo obbedirono. Italo li ammanettò insieme. «Sedetevi pure sul letto, grazie».

Carlo e Sandro si guardarono in silenzio.

«Bene. E ora aspettiamo l'alba che ci vengono a riprendere».

«E perché l'avremmo fatto, sentiamo!».

«Zitto!» urlò all'improvviso Rocco guardando Carlo negli occhi. La calma sfoderata fino a quel momento lasciò il campo alla bestia. «Stai zitto! È la gente come te e il tuo compare che mi rende la vita un inferno. Siete due imbecilli, due poveracci, mi avete costretto a fare cose che mai avrei sognato di fare. E tutto questo perché? Per soldi, è chiaro. Sto aspettando che il giudice mi faccia avere notizie, ma sono sicuro che qualche merdata l'avete combinata e dovevate eliminare quel poveraccio».

«Queste sono tutte illazioni. Noi siamo saliti qui per riprendere parte del nostro…».

Lo colpì in pieno viso e il guanto attutì il rumore. Carlo cadde di traverso sulla branda. «Se io dico zitto significa zitto! Non parlare, imbecille!».

«Io ti denuncio» urlò Sandro guardando l'amico.

«Tu ti fai vent'anni, pezzo di merda!».

I due ammanettati dormivano coperti dal piumone. Russavano. Italo se ne stava sulla branda di fronte e cercava di tenere gli occhi aperti. Rocco era sveglio come se fosse già mattina. «Rocco, io dormo un po'» disse Italo.

«Fai pure. Dove vanno tanto? Ammanettati manco Messner e Bonatti ce la farebbero a scendere fino alla valle…».

Poi si alzò. Andò al librone sul leggio. Prese la penna e scrisse: «26/3/2013. Andate affanculo! Rocco Schiavone».

Tornò al suo posto e si fissò a guardare la luna aspettando che diventasse un sole.

Quando scese dall'elicottero, Casella e Deruta comandati da Rispoli presero in consegna i due alpinisti. Rocco corse fino allo spogliatoio, non vedeva l'ora di togliersi quei vestiti da palombaro e tornare al suo abbigliamento civile.

«Schiavone, sono Baldi. Ho già saputo. Confermo l'arresto».

«Ha scoperto qualcosa a Biella?» chiese tenendosi il cellulare sulla spalla mentre cercava di allacciarsi le Clarks.

«Certo. Avevano truffato l'amico. Ripresentando il progetto senza la firma di Ludovico Venier e estromettendolo dall'affare. Con lui morto nessuno avrebbe detto più nulla».

«Ma l'affare, di cosa si tratta?».

«Una commessa da quattro milioni di euro, Schiavone».

«Tanto valeva la vita di Ludovico?».

«Ci rifletta. Valeva un terzo della somma!».

«Purciari...» disse Rocco sottovoce.

«Che ha detto?».

«Pezzenti, dottore. Pezzenti!».

«Può dirlo forte. Dopo passa in tribunale?».

«E certo, non vedo l'ora. Prima vado a fare colazione. Sono a digiuno dall'altra sera».

«A più tardi allora».

Si voltò. Italo s'era rimesso la divisa. Aveva la faccia verde. «Che hai, Italo? Vieni a fare colazione con me?».

«Rocco, io declinerei...».

«Sei verde».

«Il tonno. Mi sa che non andava».

«No? Non era un posto da serata romantica?».

Italo si voltò di scatto e vomitò sul pavimento degli uffici della protezione civile.

«Buona Pasqua, Italo. A domani, se ce la fai...».

... e palla al centro

«Non ho capito, parla più lentamente» disse il vice-questore. Un raggio di sole penetrato dalla finestra della stanza di Schiavone colpì lo zigomo sudato dell'agente Deruta in serio debito di ossigeno dopo aver fatto le scale a due a due. Annaspava come una trota sul fondo di una barca. Faticava a tenere i suoi 100 e passa chili sulle gambette magre e tremanti.

«È... il... questore che... lo... dice... è per... benefi-cenza».

Rocco si alzò dalla sedia. Con calma indicò il diva-netto sopra il quale Lupa dormiva beata. L'agente rin-graziò con un cenno del capo, si sedette, si passò la ma-no sul viso asciugando il sudore, poi alzò gli occhi sul suo superiore: «Grazie...».

«Perché hai fatto le scale a due a due?» gli domandò Rocco. «Sei tutto unto, sudato, non hai fiato».

«Perché... il medico... dice che... devo fare... movi-mento...».

Rocco attese che si calmasse il mantice che pompa-va disperato la cassa toracica del poliziotto.

«Ora che l'infarto è scongiurato, vuoi dirmi cos'è che ordina il questore?».

«Non ordina», Deruta ingoiò la saliva, «dice che è per beneficenza».

«E il concetto ormai è assodato. Il problema è: cosa è per beneficenza, Deruta?».

«La partita».

«Quale partita?».

«Di calcio».

Rocco tornò alla scrivania. Cercava di restare tranquillo. Lo aveva giurato a se stesso mentre fumava la prima canna mattutina: oggi resto calmo. È il fioretto della giornata. «Quale partita di calcio?».

«La questura deve affrontare la formazione dei magistrati... per beneficenza, appunto».

«Cioè, polizia contro magistratura?».

«Sì, la questura contro il tribunale! Lo facciamo ogni anno».

«Se fai attenzione, fuori dalla mia stanza c'è un cartello, l'ha fatto Italo Pierron. Su questo cartello ci sono riportate tutte le rotture di coglioni che mi ammorbano l'esistenza. Al nono livello, che è piuttosto in alto, troverai le attività aziendali nel tempo libero».

«Sì, ma il questore dice che è importante».

«Una partita di calcio?».

«È per beneficenza!».

«Ridillo e ti faccio azzannare da Lupa».

Sentendosi chiamata direttamente in causa, la cucciola aprì gli occhi e drizzò le orecchie. «Lupa? Ringhio!» comandò il vicequestore. E il cane obbedì, ma senza slancio. Lo fece più per dovere professionale che altro. «Capito, Deruta?».

L'agente si mise la mano in tasca e tirò fuori un foglio di carta. Lo aprì. Sopra c'era una macchia indistinta, bluastra. «O porca...».

«Cos'è?».

«Era la lista dei giocatori, l'avevo scritta col pennarello».

«Solo che i tuoi coscioni sudati l'hanno sbiadita... Deruta, mi fai schifo, alzati dal divano e esci dalla mia stanza, ora!».

Aveva perso la pazienza. Non ce l'aveva fatta. Il fioretto della giornata era durato poco più di due minuti.

L'agente si appoggiò al bracciolo, fece due tentativi cercando di slanciare il sedere verso l'alto senza successo. Allora Rocco allungò la mano e tirando con tutte le sue forze scrostò il collega dalla seduta. Un alone umido s'era disegnato sullo schienale di pelle del divanetto. Rocco lo guardò schifato. «Hai lasciato una macchia sul divanetto del mio ufficio. Una macchia umida, grassa, che probabilmente le donne delle pulizie non riusciranno a mandare via. Ora vai a lavorare, Deruta, e lascia perdere questa crociata. Io non gioco a calcio da quando avevo 18 anni e il menisco mi tradì portandosi dietro il crociato. Intesi?».

L'agente annuì e uscì rinculando. «Non vuole sapere chi ha già dato l'adesione?».

«No. Voglio che tu esca dal mio ufficio!» e sbatté la porta sul muso di Deruta.

Tornò alla scrivania, aprì il cassetto, prese le cartine e si rollò la seconda canna della mattinata. Stavolta senza fare proponimenti.

Non aveva incombenze, la giornata era tranquilla, fuori c'era il sole, decise dunque di andarsi a fare quattro passi per il centro con Lupa. Leggere il giornale al tavolino del bar di Ettore, guardare la gente passare per piazza Chanoux, respirare l'aria pulita di quella città e non pensare a niente. Un programma semplice, prepensionistico.

Aveva sceso il secondo gradino quando alle sue spalle suonò la voce di Italo Pierron: «Scusi, dottore!». Era uno dei tre colleghi a potergli dare del tu, ma in commissariato, a più di due metri di distanza e comunque a voce alta, Pierron manteneva ancora il lei ufficiale. Rocco alzò la testa e lo vide arrivare di corsa.

«Che vuoi, Italo?».

«Il questore, ti vuole...» gli disse una volta arrivato a distanza di sicurezza.

«Che succede?».

«È la storia della partita».

«Ancora? Digli che non mi hai visto» e fece per scendere le scale. Italo lo afferrò per un braccio. «Rocco... è lui ad averti visto!».

«Come?».

«Uscire dall'ufficio, 25 secondi fa».

Schiavone alzò gli occhi al cielo e risalì i due gradini che aveva appena sceso.

«La facciamo ogni anno, Schiavone. Da sempre. E anche quest'anno, come gli altri anni, noi scenderemo

114

in campo al Mario Puchoz e gli incassi andranno tutti al reparto pediatrico dell'ospedale».

«È un'iniziativa lodevole, dottor Costa, ma io vede...».

Il questore alzò una mano per fermare il vicequestore. «So che lei in gioventù giocava».

«Alla Romulea. Poi mi sono partiti i legamenti del ginocchio sinistro e al destro ho seri problemi col menisco. Da allora non ho più sbucciato una palla».

Il telefono di Costa squillò. Lo alzò per riattaccarlo subito dopo. Segno che teneva più a quel dialogo che ad ogni altra incombenza. «Lei mi farà da allenatore-giocatore».

«Da?».

«Come Vialli con il Chelsea, una cosa simile».

Rocco sgranò gli occhi. «A parte che il paragone è quantomeno imbarazzante, per Vialli intendo, ma io...».

«Ma di cosa si preoccupa, Dio mio! Tanto da anni finiscono sempre in pareggio. È un accordo coi magistrati».

Rocco scoppiò a ridere. «Cioè la questura e il tribunale fanno una pastetta e si accordano per un pareggio?».

«È lo spettacolo, Schiavone. È una giornata di festa, mica è un campionato! La gente viene, si diverte, c'è pure una commentatrice che fa la radiocronaca in diretta, un'attrice bravissima, spiritosa, fa un sacco di battute».

«Dio che squallore...». Rocco abbassò la testa. «E quando sarebbe 'sta...» stava per dire pagliacciata, ma si morse le labbra e continuò «... 'sta cosa?».

«Fra una settimana. Ha tempo per preparare una squadra competitiva».

«Ma se dobbiamo pareggiare...».

«Sì, ma qualche gol ci deve pur essere!».

Schiavone allargò le braccia. «Perché io? Lo faccia lei!».

«Io sono il questore. Sarò sugli spalti insieme al presidente del tribunale. Quando sarà lei questore, allora passerà l'incombenza a un suo sottoposto».

«Io questore? Siamo d'accordo sull'impossibilità del verificarsi di una tale eventualità?».

«Ovvio». Costa sorrise con tutti i denti, segno che la riunione era terminata. Schiavone si alzò dalla sedia, salutò e tornò alla sua stanza, rinunciando al bar, al caffè e al viavai di piazza Chanoux.

Aveva riunito le uniche tre teste pensanti della questura. Italo, Caterina e Antonio. Li guardava in silenzio da un minuto. «Allora?».

«Il problema del portiere lo risolviamo alla fine» disse Antonio. «È una questione un po' delicata...».

«Perché?».

«Rocco, nessuno sa stare in porta».

«Benissimo. Cominciamo con la difesa».

Italo prese un respiro: «Metterei Curcio e Penzo».

«Sono prossimi alla pensione» obiettò Rocco.

«Ma fanno tutto insieme. Si capiscono al volo. Sono alti e per i corner vanno benone. Tanto il fuorigioco non è contemplato».

Rocco scrisse i nomi dei due agenti su un foglio. «Passiamo alle fasce».

«Qui, se permetti, ci sono io. A destra come spinta e come difesa me la cavo».

«Allora Italo fascia destra. Fascia sinistra?».

«L'agente napoletano del vomero, Miniero, ha 26 anni, è mancino e si è già offerto».

«Bene» fece Rocco e segnò il nome. «Passiamo al centrocampo».

«Io davanti alla difesa» e Antonio gonfiò il petto. «Contrasto e smisto. Lascia fare, mi volevano al Catania».

«Come cosa?» gli chiese Rocco, ma Antonio non colse l'ironia.

«E ora le note dolenti» fece Italo.

«Cioè?».

«D'Intino. Vuole giocare a centrocampo».

«Sa farlo?».

Rocco e Antonio alzarono le spalle. Il vicequestore guardò Caterina: «Tu non dici niente?».

«Io odio il calcio».

«E allora perché sei qui?».

«E che ne so? Mi hai chiamato tu!».

«D'Intino a centrocampo. Benissimo. A quanti siamo arrivati?».

Pierron contò velocemente i nomi. «Sei. Ora mancano ancora due centrocampisti il portiere e due punte».

Rocco si alzò dalla sedia. «Come la vedete che io mi sono già rotto i coglioni?».

«A chi lo dici» si unì Caterina.

«C'è Casella che si propone come centrocampista».

«E andiamo a sette».

«In porta mettiamo Deruta?» propose Antonio. Rocco e Italo lo guardarono. «Ma perché, Deruta è dei nostri?».

«Si sta allenando. Sale le scale a due a due. In porta ci può stare. Se non altro occupa molto spazio fisico stando solo in piedi».

«Già, i tiri centrali li dovrebbe prendere» disse positivamente Italo.

«D'Intino stopper, Deruta in porta». Rocco scosse la testa. «È un incubo».

«Con Deruta in porta andiamo a otto. Mancano ancora un centrocampista e due punte».

Calò il silenzio. Fu Italo a dirlo: «Tu giocavi in attacco, Rocco...».

Rocco guardò torvo l'agente Pierron.

«Ti mettiamo accanto Caciuoppolo, ricordi? L'agente che sta sulle piste a Champoluc? Lui pure è punta. Diciamo che lui fa quella avanzata e tu, abbastanza statico, gli offri le palle smarcanti. Alla Totti».

Rocco lo bruciò con un'occhiata. «Neanche per scherzo, neanche come boutade, neanche per gioco! Certi nomi restano fuori da questa stanza e da questa pagliacciata. Il capitano della AS Roma non va neanche citato. Non voglio sentire mai il suo nome, né quello di Baggio, Del Piero, Rivera e Mazzola e Maradona. Nessuno, ripeto nessuno di questi signori deve essere sporcato in questa stronzata che ci tocca fare e che voi chiamate partita di calcio. Intesi?».

Antonio e Italo abbassarono la testa. Caterina sorrise: «Secondo me non state bene» si alzò e lasciò la stanza.

«Allora!» disse Rocco. «A quanti siamo?».

«Contando te?».

«Posso fare altrimenti?».

Italo buttò un'occhiata al foglio: «Dieci. Ci manca l'undicesimo. Un centrocampista di fluidità».

Rocco ci pensò un paio di secondi. Sorrise mostrando tutti i denti. «E quello lo trovo io». E fischiettando l'aria *sì vendetta tremenda vendetta* del Rigoletto uscì dalla stanza.

Erano tutti schierati davanti a Rocco nel campetto appena fuori Aosta per la prima delle tre sedute di allenamento. Il vicequestore osservava i fisici dei suoi atleti. Poteva andare peggio. Scipioni, Pierron, Caciuoppolo e Miniero sembravano a posto. D'Intino, Deruta Curcio, Penzo e Casella erano improponibili. Sotto le magliette attillate spuntavano pance da birrificio. Le gambe molli sembravano dover cedere da un momento all'altro. Le ginocchia si toccavano formando una «ics» traballante, la pelle bianchiccia e la totale assenza di massa muscolare non deponeva a loro favore. La cosa che più lo schifò fu vedere D'Intino in calzoncini. Sapeva che quella era una visione che l'avrebbe accompagnato per tante notti a venire.

La squadra della questura era lì, in attesa dell'undicesimo giocatore che si stava ancora cambiando.

«Come hai fatto a convincerlo?» gli chiese Italo.

«Gli ho detto che sugli spalti ci sarebbe stata sicuramente la sua ex moglie, la Buccellato, la giornalista che ce l'ha con me. E le avrebbe fatto vedere che nonostante l'età lui era ancora un bel pezzo di uomo. E le avrebbe dimostrato che anni di scrivania, telefoni, buffet e conferenze stampa non avevano intaccato il suo corpo, il suo spirito combattivo e soprattutto la sua virilità».

Italo fece una smorfia. «E lui c'è cascato?».

«In pieno!».

E a suggellare la risposta di Schiavone proprio in quel momento fece l'ingresso in campo il questore. Tuta della Umbro, scarpini nuovi rossi della Nike, correva e scioglieva i quadricipiti con un esercizio risalente alla prima metà degli anni '80. Ma del XIX secolo.

«Bene, siamo tutti!» esordì Rocco. «Salutate il questore!».

Deruta e D'Intino si misero sull'attenti. Costa si schermì con un gesto delle braccia. «No no no, qui sul campo siamo tutti sulla stessa barca, non c'è questore, agente, ispettore. Siamo compagni di squadra! Bene, da dove cominciamo?» chiese stropicciandosi le mani.

«Io farei due giretti di campo tanto per scaldarci» propose Rocco. I più giovani partirono subito. Gli anziani si guardarono e incerti cominciarono a sgambettare sull'erba. Costa invece restò al centro del campo con Rocco. «Lei, Schiavone?».

«Menisco e legamenti, dottore. E lei?».

«Sono il questore! I giretti di campo li faccia fare a sua sorella!» e detto questo fece un po' di piegamenti in avanti tentando di toccarsi le punte dei piedi arrivando a malapena allo stinco.

Dopo il primo giro Deruta e Casella in debito di ossigeno si gettarono a terra. Poi stramazzarono nell'ordine D'Intino, Curcio e in ultimo Penzo. Il gruppo più giovane seguitava. Pierron scatarrava ogni tanto le sue 23 sigarette al giorno. «Bene!» fece Rocco al questore. «Direi che dal punto di vista fisico siamo messi discretamente».

«Lei è ironico?».

«No, dottore. Però esigo l'ambulanza a bordo campo. Qui qualche coronaria parte. E vista la panchina non corta, ma inesistente, dubito che chiuderemo la partita in 11».

Costa annuì grave.

«Tempo regolare, 45 minuti?».

«No, facciamo mezz'ora!».

«Buona notizia. Io farei degli schemi molto semplici. Pochi contrasti, palle precise e molta, molta staticità».

«Sono d'accordo con lei, Schiavone».

Fu Rocco a tirare il primo calcio indirizzando la palla verso Scipioni. S'erano messi in cerchio per fare dei passaggi, tanto per sgranchirsi e per mostrare la confidenza con lo strumento. Come c'era da aspettarsi, i più giovani se la cavavano, addirittura Caciuoppolo palleggiò e si mise il pallone sulla nuca per poi mandarlo a Pierron che con un mezzo tacco lo spedì a Miniero. Quello, tranquillo, con l'esterno lo rimandò a Rocco dando un bell'effetto a rientrare. Casella lo lisciò, D'Intino ci inciampò sopra rovinando a terra e sbucciandosi il ginocchio, Curcio e Penzo osservarono la sfera scivolargli di fianco come se non fosse un loro problema, Costa invece la calciò di punta secca spedendola in mezzo ai rovi. Deruta era ancora a terra a riprendere fiato per il giretto di riscaldamento.

E arrivò il momento più triste: i tiri in porta. Non tanto per i giovanotti che se la cavavano, il dramma era il portiere: Deruta. Si limitava a osservare il pallone insaccarsi nella porta e non faceva nessuno sforzo per tentare di bloccarlo. Gli costava già parecchia fatica andare a recuperare la sfera in fondo alla rete.

«Deruta, ma ti è chiaro il ruolo del portiere?» gli chiese Rocco.

«Certo, dottore».

«E mi vuoi dire cosa sai?».

«Il portiere è l'estremo difensore, l'unico che può prendere la palla con le mani e che deve impedire a quest'ultima di entrare in porta».

«Bene. Tu lo stai facendo?».

«No».

«Perché?».

«Non ce la faccio. Voglio dire se mi arriva addosso sì, ma gettarmi proprio no. Poi il tempo che ci metto a gettarmi per terra, la palla è già passata. Dovrei buttarmi in anticipo, ma non so dove arriverà il tiro, quindi ho poche possibilità di prenderla. Senza contare, dottore, che una volta a terra ci deve essere sempre qualcuno che mi rialza».

L'entità del problema era pachidermica. Rocco doveva trovare una soluzione. «Va bene, con questo pigliamo sedici fischioni a tempo. Chi si offre volontario per indossare la maglia numero uno?».

Abbassarono tutti la testa, tranne il questore che in solitaria proseguiva i suoi esercizi ginnici che tanto ricordavano i documentari dell'Istituto Luce delle manifestazioni del Sabato fascista nei lontani anni '30.

Non c'era nessun volontario. Ma in quel momento Rocco ebbe un'illuminazione, un ricordo dell'infanzia, di tanti anni prima quando andava al lunapark con suo padre. L'orso. Questo orso faceva su e giù e bisognava sparargli e centrarlo. Una volta colpito, l'animale di latta si alzava sulle zampe posteriori, lanciava un ruggito e riprendeva l'insulso anda e rianda pronto a ricevere un'altra fucilata.

«Così farai tu, Deruta. Andrai su e giù lungo i sette metri della porta. Capace che la tua presenza larga e grassoccia coincida con l'arrivo del pallone. Se stai fermo al centro, siamo rovinati».

L'idea piacque e fu subito messa in opera. Deruta deambulava da un palo all'altro e stavolta, su venti tiri, ben sette gli rimbalzarono addosso.

«A fare un calcolo, Schiavone» osservò il questore «la sua pensata ha migliorato il problema di un 35 per cento. Mica poco!».

«Vero? E se riusciamo a farlo andare più veloce confido in un altro 5 per cento di margine di miglioramento».

E come a sottolineare la veridicità della cosa, un tiro al volo di collo pieno di Scipioni si stampò sul viso di Deruta che sorrise soddisfatto.

«Sarà un massacro...» fece Costa e si allontanò zompettando senza senso verso il centrocampo.

L'aveva pensata di notte, mentre non riusciva a prendere sonno. La tecnica degli opliti. La mise subito in opera nella seconda seduta di allenamento.

«Ascoltatemi bene. Parlo con la difesa. Quando le cose si mettono male, al mio grido: Forzavai! tutti e cinque vi piazzate sulla linea di porta, a falange ad aiutare Deruta».

Gli atleti annuirono. «Deruta, quando vedi i cinque della difesa e cioè Curcio, Penzo, Miniero, Scipioni e Casella piazzarsi sulla linea, la smetti con l'orso e ti metti centrale a parare i colpi, meglio, a rimbalzare i colpi, va bene?».

«Facciamo una specie di barrierone?» chiese Miniero.

«Esatto!». Fecero tutti sì con la testa. «È ovvio» continuò Rocco «che quando mettiamo in opera il barrierone, come l'ha chiamato Miniero, l'attacco indietreggia per coprire i buchi nell'area di rigore. Davanti resta solo Caciuoppolo che, chiaro, è la nostra star! Intesi?».

«E io» aggiunse Costa. «Io resto a centrocampo».

«E il questore che resta a centrocampo» si corresse Rocco.

«E pure lei, dottore, col menisco e i legamenti mica ce la fa a rientrare in area» aggiunse Italo.

«E pure io, sì. Quindi avremo sei giocatori in porta, uno in attacco, due a centrocampo e due in area di rigore a contrasto, ossia Pierron e D'Intino. Proviamo lo schema?».

«Io nun so capito» fece D'Intino. «Quando lei grida Forzavai! tutti vanno in porta e io resto in aria di rigore?».

«Area, sì, D'Intino».

«A fare che?».

«A contrastare».

«Chi?».

«Gli avversari».

«Quanti sono?».

«E questo non lo so».

«Ce la faccio?».

«Perché me lo chiedi?».

«Scusi». E D'Intino tornò al suo posto. Poi ci ripensò. «Io rinvio!» urlò.

Lo guardarono tutti senza capire. «Cosa rinvia?» gli chiese Costa.

«La palla. Io rinvio!».

A tutti apparve l'immagine di D'Intino che lisciava la sfera e si sbucciava il ginocchio cadendo miseramente a terra. «Sì, D'Intino, tu rinvii. Forte, eh?».

D'Intino felice fece due saltelli di riscaldamento. Fu uno Scipioni dubitante ad alzare la mano: «Posso? Io direi che in area ci resto io, D'Intino lo facciamo correre in porta».

Rocco ci pensò su un attimo. «Sì, Antonio, hai ragione. D'Intino? Cambio di programma!».

L'agente abruzzese si voltò. «Che?».

«Cambio di programma. Quando io grido Forzavai! tu corri in porta vicino al palo e fai il barrierone. In area ci rimane Scipioni».

D'Intino si intristì. «Non rinvio più?».

«No, non rinvii più. Proteggi la porta».

L'agente chinò il capo. Intervenne Italo: «Guarda,

D'Intino, che è molto importante proteggere la porta. Più che rinviare. Vero, dottore?».

«Porca miseria se è vero!» fece Rocco. D'Intino guardava Italo e il vicequestore, incerto se lo stessero prendendo in giro o fossero sinceri. «Tutti sono capaci a rinviare» intervenne Caciuoppolo, «ma a proteggere la porta è un lavoro delicato».

Il sorriso tornò sul volto di D'Intino. «Allora vado in porta?».

«Allora vai in porta!» lo rassicurò Rocco. Costa si avvicinò al suo orecchio. «Ma lei lavora con queste persone?» gli chiese sottovoce.

«Eh» fece Rocco. «Capisce adesso?».

Ripeterono per mezz'ora lo schema di difesa. Alla fine il meccanismo s'era oliato. La tecnica oplitica sembrava funzionare, il barrierone poteva essere l'arma segreta per contenere i danni e l'assenza di un portiere degno di questo nome. «Almeno nei casi disperati abbiamo un piano difensivo, dico bene?».

«Sì» risposero in coro quattro atleti. D'Intino era raggiante. «Appena lei dice Forzavai! io vado sul palo!».

«Bravo D'Intino. Mo' basta che mi sarei rotto i coglioni».

Era scesa la notte, la settimana stava per concludersi, Aosta era fredda e Rocco annoiato. S'era sorbito l'interrogatorio di uno spacciatore beccato ai soliti giardinetti della stazione, la chiamata di una novantenne affetta da Alzheimer convinta che suo nonno fosse in casa armato di un coltello da cucina. Non gli restava che prendere il loden, Lupa e tornarsene a casa. Entrò Italo in stanza chiudendosi la porta alle spalle. L'occhio guardingo e un po' eccitato.

«Che c'è?».

«Rocco, c'è una cosa che dovresti sapere» si infilò le mani in tasca e tirò fuori un paio di carte. «Fanno le scommesse clandestine. Guarda» le consegnò e Rocco le lesse. C'erano le quote per l'incontro di domenica magistratura-polizia. «Non ci posso credere!».

«Vero? Per una partita di beneficenza!».

«No, non ci posso credere che danno la nostra vittoria sette a uno. Quella dei magistrati invece 3 a uno e uno a uno il pareggio!». Andò a sedersi alla scrivania.

«Però...» fece Italo sedendosi sulla sedia di fronte. «La cosa che non si capisce è: per quale motivo mettono su queste scommesse? Sono anni che pareggiamo! Lo sanno tutti!».

Rocco studiava gli appunti di Italo. «Evidentemente no. Da chi e dove hai preso queste cifre?».

«Giù al bar, davanti alla cattedrale».

«Chi controlla il giro?».

«Un tale Maniconi. Egidio Maniconi».

Rocco gli restituì gli appunti. «Ci danno sette a uno. Avranno visto i nostri allenamenti».

«Che facciamo. Interveniamo?».

«E perché? Falli scommettere. Tanto se pareggiamo sempre, andrà tutto a farsi benedire». Si alzò. «Prendila con leggerezza, Italo. Maniconi avrà famiglia e figli da campare. Lupa!» e seguito dalla cagnolotta lasciò l'ufficio.

Domenica.

Lo stadio Mario Puchoz era colmo. Duemila persone pronte ad assistere alla partita procura-questura, mezz'ora a tempo, spettacolo garantito.

«Signore e signori benvenuti all'incontro in programma per questa mattina» urlava la voce della radiocronista, l'attrice Paola Sebastianis, seduta in platea, che cercava di vivacizzare l'evento. «È una giornata splendida, nonostante Giove pluvio in mattinata abbia minacciato rovesci sulla città. Il campo oggi darà il suo responso, anche se il risultato fra le due compagini è in parità da almeno 12 anni. L'incasso della giornata si aggira sui 23.000 euro che andranno al reparto pediatrico dell'ospedale. Bravi!».

Ci fu un applauso scrosciante.

«La questura scende in campo con Deruta Curcio Penzo. Scipioni Miniero D'Intino. Casella Pierron Costa Schiavone Caciuoppolo. Allenatore in campo Schiavone. La procura risponde con Cambellotti Marini Calderoli. Morlupo Messina Stroppa. Sesti Cravero Solfrizzi De Santis Baldi. Allenatore il gip Carlo Criventelli. Arbitra il nostro presidente della regione Michelangelo Diemoz!».

Applausi ancora più roboanti.

«Guardalinee l'assessore alla cultura Carlo Venier e il nostro bibliotecario Filippo Bionaz!».

La voce dell'attrice rimbombava fin dentro gli spogliatoi, dove, al contrario degli spalti, regnava un silenzio carico di tensione. Fu Rocco a infrangerlo. «Allora è tutto chiaro?» fece il vicequestore guardando i suoi uomini seduti sulle panche. «La tattica è la stessa. Palla lunga alla viva il parroco su Caciuoppolo sperando che la butti dentro. Mi sono informato sul portiere della loro squadra. Cambellotti. Una pippa di 65 anni. Quello è il loro primo punto debole».

«Invece il portiere è il nostro punto di forza!» fece Scipioni e la squadra scoppiò a ridere.

«Ma loro non hanno la nostra tattica a falange. Che devi fare D'Intino quando urlo Forzavai?».

D'Intino scattò sull'attenti: «Corro a coprire il palo!».

«Ottimo! Allora giocate sporco, giocate duro, giocate maschio. Non voglio 11 agenti, e non voglio 11 mammolette. Voglio 11 belve e spietate, 11 macchine da guerra, 11 pitbull pronti a sbranare la preda! Ricordatevi Alamo!».

I poliziotti si guardarono incerti.

«Cazzo c'entra Alamo?» chiese il questore che ancora non s'era tolto la tuta.

«Vabbè, secondo me ci stava». Poi Rocco scoppiò a ridere e tutti lo seguirono in quella risata liberatoria. In quel momento entrarono due uomini in tuta rossa carichi di bottigliette d'acqua da un quarto di litro. «Omaggio!» dissero. Felici gli agenti ne presero una a testa. Rocco mollò due pacche agli operai. Costa invece buttò un'occhiata fuori il corridoio. «E i Gatorade? Per chi sono i Gatorade?».

I due uomini in tuta si guardarono imbarazzati. «Quelli sono per... per gli altri».

Costa sgranò gli occhi: «Cioè, a noi l'acqua minerale e ai magistrati il Gatorade?».

I due in tuta rossa non sapevano cosa rispondere. Alzarono le spalle.

«È uno schifo!» urlò Costa. «Il Gatorade... e magari pure un dolcetto, no?».

«No. Solo Gatorade...».

«Va bene» si intromise Rocco Schiavone, «ci sono preferenze, dottor Costa. Ormai lo sappiamo. A maggior ragione, amici, scendiamo in campo e facciamogliela vedere! Alla fine è lo sport che deve trionfare, no?».

E battendo le mani risvegliò i giocatori. I tacchetti e le grida di incitamento accompagnarono l'uscita della squadra. «Dai! Forza!», «Siamo i campioni!», «Li stracciamo!», «Viva la gnocca!».

Costa si tolse i pantaloni della tuta e si avvicinò a Schiavone: «Non sono più convinto di dover pareggiare».

Rocco gli puntò gli occhi addosso: «E chi ha mai parlato di pareggio?».

«Ecco i 22 atleti pronti a centrocampo...».

Le due squadre s'erano posizionate in fila lungo la linea centrale. Saltellavano sul posto, si scioglievano i muscoli, salutavano il pubblico che rispondeva calorosamente. Gli altoparlanti dello stadio suonarono l'Inno di Mameli al quale tutti assistettero in religioso silenzio. Fu il momento dello scambio dei gagliardetti. Costa e Sesti, i più anziani e alti di grado nei rispettivi uffici, si strinsero la mano. Tornarono alle panchine ognuno con la sua bandierina incellofanata. Tutti i giocatori, eccitati, cominciarono a togliersi la giacca della tuta.

E nello stadio calò un silenzio glaciale.

Erano tutti blu.

Si guardarono senza capire. Magistrati e poliziotti avevano scelto lo stesso colore. «Ma come è possibile?» chiese Rocco. «Nessuno ha comunicato alla procura che...».

«Blu dovevamo essere noi!» fece Baldi. «L'anno scorso eravamo gialli ma quest'anno abbiamo scelto noi il blu, prima di voi!».

«Ma di cosa parli, Maurizio?». Costa era rosso in viso e il collo della giugulare si stava gonfiando. Lo smacco del Gatorade ancora gli pesava, era evidente. Intanto fra gli spalti cominciò a serpeggiare contagioso un riso irrefrenabile.

«Come cazzo facciamo?» chiese l'arbitro, il presidente della regione che una figura di merda simile proprio non la voleva fare.

«E che ne so?» aggredì il giudice Messina. «Noi abbiamo mandato un fax alla questura che...».

«Ma chi legge più i fax!» esplose Costa.

«Non potevate mandare una mail?» si intromise Schiavone.

«A chi, che non leggete manco quelle?» gridò dalla panchina Cambellotti, il portiere avversario, che già s'era attaccato alla sua bevanda energetica.

«Le leggiamo, Cambellotti. Se voi le scrivete noi le leggiamo. E comunque, io stesso tre giorni fa ho mandato la mail al vostro ufficio di competenza che noi avevamo scelto la maglietta blu!».

«Ma che dici?», «Quando mai?», «Niente arrivò!».

«Signori!» gridò il presidente. «Signori, vi prego, non è il momento di rinfacciarci le cose».

«Ah, no?». Costa aveva lasciato i freni inibitori nello spogliatoio. «A loro le magliette blu, a loro il Gatorade e a noi l'acqua minerale. Diciamolo, c'è disparità di trattamento!».

Cambellotti si avvicinò al centro del campo. «Costa, non fare il ragazzino!».

«Io il ragazzino? Vorrei vedere te se ai tuoi gli mollavano un'acqua minerale, e neanche di marca, e a noi il Gatorade se non te la saresti presa!».

«Signori!» l'arbitro urlò per interrompere quel battibecco, «siamo davanti a un pubblico di duemila persone che ha già cominciato a ridere e ancora dobbiamo dare il fischio d'inizio. La stampa è presente e va trovata una soluzione».

Rocco si girò verso i suoi. «Che magliette avete sotto?».

«Bianca!», «Verde!», «Gialla!» risposero i dieci atleti.

«Bene!» fece Rocco. «Toglietevi la maglia buona e lasciate quella sotto. Noi siamo i colorati a cazzo di cane, voi siete i blu. Va bene così?».

La soluzione convinse il presidente, la squadra dei magistrati, non il questore. «No, scusa, Schiavone. Ma per quale motivo ce la dobbiamo togliere noi? Se la togliessero loro!».

«Dottor Costa. La prego!». Michelangelo Diemoz richiamò il dirigente. «La prego, non faccia i capricci. A me pare che la soluzione del vicequestore sia saggia e salvifica». Poi prese il questore sottobraccio, si allontanò e cominciò a parlarci con una certa animosità. Era chiaramente una ramanzina, un pelo e contropelo che il questore, rosso in viso, incassò senza rispondere. Calmato il capo della questura, l'arbitro tornò a centrocampo. «Bene. Allora la squadra della questura si tolga la maglietta blu».

«Ma io quella sotto pure blu ce l'ho!» protestò Casella.

«Prestate 'na maglietta bianca a Casella!» gridò Rocco.

«Io ce l'ho nera!».

«Deruta, tu sei il portiere!».

«Ah, già...».

«Eccheccazzo!».

«Eccole finalmente, signore e signori, le due squadre schierate in campo...».

La diatriba delle magliette era durata dieci minuti. Sul prato verde del Puchoz una squadra blu e una arcobaleno erano finalmente pronte a dare il calcio d'inizio.

«Mi raccomando» fece il presidente della regione ai due capitani Schiavone e Baldi tenendo un piede sul pallone. «Gioco corretto e divertimento, ricordiamoci che è una partita di beneficenza e sugli spalti è pieno di bimbi». Lanciò un'ultima occhiata di ammonimento a Rocco, poi si allontanò col fischietto in bocca. Baldi sorrise al vicequestore. «Buon pareggio, Schiavone...».

«Pareggio? E chi ha parlato di pareggio?». Rocco deciso mise il pallone sul dischetto di centrocampo. Baldi preoccupato indietreggiò nella sua metà campo.

«Fischio d'inizio. È la squadra blu, quella dei magistrati, ad avviare la prima azione...».

Si notò subito l'impostazione della partita. Una decina di calciatori fra le due squadre, i più giovani, erano quelli che correvano. Il resto della truppa, blu o arcobaleno che fosse, stanziava in una zona del campo, ognuno con un raggio d'azione di qualche metro quadrato.

La palla rinviata malamente da un terzino della magistratura finì fra le gambe di Rocco che la stoppò. Notò un movimento di Caciuoppolo e lo lanciò sulla fascia. L'attento poliziotto, la star della questura, scartò due avversari con la stessa facilità che avrebbe usato con le caramelle Golia, entrò in area e fu atterrato da una scivolata assassina di Morlupo, il segretario, difensore centrale della magistratura. L'arbitro fischiò. Il fallo era netto e intenzionale.

«Punizione dal limite!».

«Dal limite!» protestò Schiavone. «Era in piena area!».

«In piena area tua madre!» rispose Morlupo.

«Abbassa la testa sinnò te corco!» minacciò Schiavone.

«Te staco i brassi e te' i meto in man» rispose Morlupo denunciando le sue origini lagunari.

«Ma magari ce provi!» ribatté Rocco.

«Arbitro! Questo è rigore netto!» gridò Italo. «E pure cartellino giallo!».

«Punizione dal limite!» insistette il presidente della regione col tono di chi non ammette repliche. Sugli spalti i «buu» soverchiarono gli applausi. Scuotendo la testa i giocatori della questura si preparano al calcio piazzato. «Chi tira le punizioni?».

«Io!» disse Scipioni. «Ho una certa praticaccia».

Rocco preparò la palla e si allontanò. L'arbitro aveva piazzato la barriera. Più che i corpi, erano le pance il vero ostacolo da superare.

«Calcia forte e dritto sulla barriera» suggerì Rocco ad Antonio.

«Perché?».

«Perché quelli vedono arrivare la bomba e si tolgono. Senti a me».

Antonio annuì.

«Ecco, tutto è pronto per la punizione. L'arbitro fischia... tiro! Goooool!».

In un tripudio della folla Antonio Scipioni esultò abbracciando i suoi compagni di squadra. Come aveva previsto Schiavone, la palla aveva attraversato la barriera burrosa dei magistrati che si erano aperti al suo passaggio come il Mar Rosso con Mosè, e si era infilata nell'angolino alla destra dell'immobile Cambellotti.

«E uno!» gridò Pierron con l'indice in alto. Baldi umiliato raccolse la palla dal fondo della rete e la calciò rabbioso verso il centrocampo, centrando però un suo difensore sulla nuca tramortendolo. Il gup Calderoli fu accompagnato a bordo campo, in stato di semincoscienza.

I magistrati erano momentaneamente in dieci.

«Brutto incidente per Calderoli costretto ad abbandonare il campo... speriamo niente di grave» la voce eccitata della commentatrice rimbalzava sugli spalti dello stadio e si mischiava alle risate della gente. «Ora di nuovo i magistrati con la palla al centro. Ecco che Baldi passa la sfera a Messina che scatta... cioè scatta... si dirige con passo affrettato verso la porta avversaria, con un lancio assolutamente casuale pesca Sesti all'ingresso dell'area di rigore, ma un difensore della questura ferma la corsa del magistrato!».

Casella con un intervento al limite del regolamento, memore del grido di battaglia fatto da Schiavone nello spogliatoio, aveva bloccato l'azione offensiva. Passò la palla a Curcio che la passò a Penzo che poi ebbe l'ideona di darla a D'Intino. Il poliziotto abruzzese si trovò la sfera fra i piedi e cominciò ad avanzare verso il centrocampo guardandosi intorno, incerto di cosa farci con quella cosa rotolante che minacciava di farlo inciampare ogni secondo. Davanti a lui c'era Schiavone che allargò le braccia.

«Passala, D'Intino, qui! Qui, D'Intino, qui!» lo incitava. Poi il vicequestore batté le mani e commise un errore dicendo: «Forzavai!».

A quella parola, l'agente abruzzese ebbe una reazione meccanica, da automa. Sgranò gli occhi, mollò la palla e corse verso la porta piazzandosi sul palo.

«Cazzo fai?».

Ma era troppo tardi. Di quella distrazione ne approfittò Baldi che raccolse la sfera abbandonata dal difensore della questura e tirò una bomba. Il pallone si insaccò all'angolo destro di Deruta che in quel momento stava facendo l'orso, ma dall'altra parte della porta.

«Ed è gooollll! Un bel tiro dalla distanza pareggia i conti!» applausi convinti del pubblico. Costa mandò a quel paese il cielo e le nuvole, gli altri componenti della squadra della questura scuotevano la testa, Deruta non s'era accorto di niente e continuava a camminare da un palo all'altro. «Fermate Deruta! Hanno segnato!» gli gridò Rocco. Baldi e i magistrati si abbracciarono. Anche Calderoli da bordo campo col ghiaccio sulla nuca alzò timido un braccio.

«Uno a uno e palla al centro!» gridò Baldi alzando il dito medio verso gli avversari. Rocco inviperito andò verso D'Intino: «Si può sapere che cazzo fai?».

«Lei ha detto Forzavai! Era la parola d'ordine per la falange, no?».

Rocco imprecò. Costa invece sembrava improvvisamente calmo. «Che azione... bislacca, non trova?».

«No, non trovo!» rispose Rocco con la palla sotto al braccio. «Abbiamo preso un gol di merda per colpa di quel decorticato. Forse è meglio restare in dieci e cacciarlo!».

«La vedo troppo coinvolto. È una partita di beneficenza! Il pubblico si diverte, noi ci divertiamo...».

«No, io non mi diverto, dottor Costa. Io non mi diverto!» e sbatté la palla sul dischetto del centrocampo alzando una nuvola di gesso.

«Pensi allo spirito sportivo, Schiavone!».

«Dottor Costa, se lei ha cambiato opinione dopo il cazziatone del presidente, io no. Io a questi li voglio distruggere! Italo, Antonio, Caciuoppolo!» richiamò i tre agenti. «Antonio a destra, Italo centrale, Caciuoppolo a sinistra. Io lancio Antonio, voi due penetrate dritti in area, quando Antonio smarca quella pippa di Messina invertitevi, tu Caciuoppolo al centro e Italo a sinistra così confondiamo i centrali. Palla a Italo che la dà a Caciuoppolo e tu Caciuo' te ne vai in rete. Tutto chiaro?».

I tre annuirono.

«E io?» chiese Casella che voleva partecipare all'azione, ma non ebbe risposta.

«Doccia fredda per la questura per questo pareggio immediato e un po' inaspettato. Ma ecco che l'incontro riprende. La palla va al vicequestore che scarta Sesti, la passa a Scipioni, Scipioni evita l'intervento di Messina e la mette al centro...».

L'azione si sviluppò come Rocco l'aveva pensata, ma il tiro finale di Caciuoppolo si stampò sul palo che rimandò la sfera proprio in braccio al numero uno dei magistrati.

«Un tiro pazzescooooo, ma la dea bendata non schiaccia l'occhiolino alla questura! La palla ora è preda del portiere, il dottor Cambellotti. L'allenatore della squadra magistrati attira l'attenzione dell'arbitro. Sì, Calderoli intanto è pronto a rientrare!».

Il gup Calderoli zoppicando immotivatamente, dal momento che la sua uscita era dovuta a un colpo ricevuto sulla nuca, tornò verso il centrocampo. La partita riprese con un rinvio maldestro di Calderoli. Morlupo al volo allungò il viaggio del pallone che rimbalzò tre volte prima che Schiavone lo calciasse con violenza verso l'area avversaria. Ma la sfera di cuoio colpì nuovamente la nuca del gup Calderoli che, appena rientrato, ricadde a terra. Subito i soccorsi, il giudice fu portato nuovamente fuori campo. L'incidente provocò risate sugli spalti e apprensione nell'allenatore della compagine del tribunale.

«L'ha fatto apposta!» urlò Baldi a Schiavone.

«Ma che è matto? Avrei tirato in porta se fossi così preciso, no? Con quel pippone che avete!».

«Forte il vostro!».

«Che c'entra, il nostro è un caso umano».

Quel tiro maldestro era costato caro a Rocco. Aveva sentito una fitta al bicipite femorale e una punta di ghiaccio al ginocchio leso. Decise di adeguarsi ancora di più alla tecnica della stanzialità e di diminuire a dieci quadrati l'area del rettangolo erboso da controllare. La partita andò avanti senza troppi sussulti. Le azioni nascevano e morivano a centrocampo, a parte qualche sgambata sulle fasce dei rispettivi laterali che finivano con cross verso aree di rigore prive di attaccanti. Ci furono una decina di falli dovuti alla stanchezza e all'imperizia, ma nessuno dei giocatori riportò danni più gravi di qualche sbucciatura. Solo alla chiusura del primo tempo un'azione in solitaria di Stroppa, centrocampista della magistratura, aveva portato il calciatore all'ingresso dell'area di rigore, ma un intervento maldestro di D'Intino in scivolata aveva fermato la corsa del cancelliere che era rovinato a terra. D'Intino beccò un cartellino giallo dall'arbitro e Stroppa fu costretto ad uscire zoppicante lasciando la sua squadra momentaneamente in dieci.

«Ah! A D'Intino il giallo, e prima invece? Il fallo di Morlupo non l'ha sanzionato!» gridò Italo all'arbitro.

«Agente, se non chiude la bocca le do il rosso diretto!».

Italo allargò le braccia e si ritirò.

«Calcio di punizione per i nostri magistrati...» gridava l'attrice cercando di dare un po' di vivacità a quella partita che, passati i primi dieci minuti dove un po' d'azione c'era stata, s'era trasformata in una processione lenta, noiosa e senza nerbo.

«Batto io!».

«Lasci fare, Baldi, batto io! Io so fare la foglia morta».

Mentre i magistrati si litigavano il diritto di calciare in porta, Deruta urlava ordini dalla porta per posizionare la barriera. «A destra. D'Intino, a destra!». D'Intino si guardava le mani. «Sì, a destra, è quella con cui scrivi!». D'Intino annuì e si spostò alla sua destra. «Gli altri... seguite D'Intino... di qua, di qua!».

«Barriera nutritissima quella della squadra della questura che teme evidentemente questa punizione dall'ingresso dell'area. Contiamo almeno... sette giocatori più tre avversari in azione di disturbo...».

Alla fine l'aveva spuntata Messina che arretrò di tre passi e si preparò a calciare la punizione.

«A effetto, a effetto» suggeriva Morlupo.

«Col cazzo, tiro una bomba!» rispose il gip.

Schiavone guardava con terrore il suo portiere che aveva cominciato la camminata dell'orso da un palo all'altro. Se la palla avesse superato la barriera, le probabilità che finisse in braccio a Deruta erano poche. Decise di lasciare la marcatura e posizionarsi nell'area piccola, pronto a rinviare alla bisogna. Al fischio dell'arbitro, Messina prese la rincorsa, tirò una caracca con tutte le sue forze. La sfera impattò con violenza sul viso di D'Intino che cadde a terra senza emettere urlo, deviata verso la porta centrò la traversa, rimbalzò sulla nuca di Deruta e si insaccò nella porta.

«Gooool» il pubblico applaudì la magica carambola, Casella e Scipioni trascinarono D'Intino privo di sensi fuori dal campo, Schiavone bestemmiò, Baldi mostrò il medio al vicequestore. Costa aveva perso il sorriso.

I minuti restanti scivolarono senza avvenimenti degni di nota, tranne il fatto che Rocco, zoppicante, lasciò il campo in anticipo e se ne andò negli spogliatoi. Le due squadre fecero ancora un paio di azioni e il primo tempo finì fra gli applausi un po' stanchi del pubblico.

«Il triplice fischio dell'arbitro manda le squadre al riposo. Due a uno per la magistratura alla fine dei primi 30 minuti combattutissimi. Per allietare l'attesa, il gruppo folkloristico "Patois" eseguirà ora delle danze tipiche della valle...».

Rientrarono negli spogliatoi. D'Intino fu messo a sedere su una panca. Teneva gli occhi semichiusi. «Come va? Fa male? Ci vedi?» gli chiedeva Italo, ma quello non rispondeva.

«Non riusciamo a capire come si sente!» fece Italo. Costa guardò con apprensione l'agente ancora tramortito. «Chiamate un dottore. Dobbiamo capire se ha riacquistato le sue capacità cognitive!».

«Non ne ha» rispose Rocco che rientrava nello spogliatoio.

«Lei dov'era?» gli chiese Costa.

«A mettermi una pomata sul ginocchio, fa un male cane...».

In quel momento, e senza bussare, Baldi entrò come una folata di vento. «Mi dite che cazzo state facendo?» urlò verso Rocco e Costa.

«Stiamo giocando, no?» disse Costa alzando le spalle.

«Sono anni che finiamo in pareggio. Mi pare che l'accordo sia saltato».

«Quale accordo? E chi l'ha mai fatto?» intervenne Rocco. «Questa è una partita di calcio, e le partite di calcio si giocano sul campo, non negli uffici o nei bar a fare pastette!».

«Giusto, bravo, è così» commentarono a mezza voce gli atleti della questura, tranne D'Intino ancora immerso in una dimensione parallela.

«Pastette? Pastette?».

«Perché lo dici due volte, Maurizio?» chiese candido Costa.

«Ma chi ha mai fatto una pastetta!».

Rocco alzò le spalle e se ne andò al suo armadietto. Baldi guardò fisso Costa. «Ritira quello che hai detto».

«Io non ho detto niente. È stato Schiavone».

«Che è un tuo sottoposto, quindi ritira oppure controlla meglio i tuoi uomini».

«Oh, per favore Maurizio, ma cos'hai che non va? State pure vincendo!».

«Non va che ci sono leggi non scritte e che tali diventano per consuetudine. Il nostro pareggio è una consuetudine».

«La consuetudine, ossia la prassi, non è fonte del diritto!».

«Ma che cazzo c'entra, Andrea? È consuetudine, perché concorrono due elementi concomitanti. Primo! quello materiale, cioè il comportamento osservato in maniera reiterata e concreta da un gruppo di soggetti. E cioè noi, i giocatori che scendono in campo e da anni pareggiano. Secondo! L'elemento psicologico. La opinio juris, amico mio, di noi tutti che questo comportamento, questo uso del pareggio in questo tipo di partita, sia obbligatorio!».

«Ma non venirmi a fare la lezioncina di diritto, Maurizio, che me la sbatto sul belino!» ribatté Costa. «Questo accade fino a prova contraria perché qui, e tu lo sai, non stiamo parlando di usi civici! Non stiamo neanche parlando di consuetudini provinciali, qui stiamo parlando di un accordo non meglio identificato siglato da due soggetti a noi sconosciuti secondo il quale noi si debba pareggiare. Ma chi l'ha mai detto?».

Baldi alzò ancora di più la voce: «Quando si rompe una consuetudine, si avverte!».

«E dove sta scritto?».

«Da nessuna parte, è consuetudine!».

Costa perse la pazienza: «E dove sta scritto che noi dobbiamo rinunciare alle magliette blu? Consuetudine anche quella?».

«Andrea, ma che cazzo dici. È scritto sui nostri fax!».

«Che non sono mai arrivati. E che voi dobbiate avere il Gatorade e noi un'acqua minerale di una marca peraltro sconosciuta, dove sta scritto? È consuetudine anche quella?».

«Allora di' la verità, ti rode che noi abbiamo la maglietta blu e beviamo il Gatorade e allora hai ordinato ai tuoi uomini l'arrembaggio?».

Costa scosse la testa. «I miei uomini, come li chiami tu, sono esseri umani dotati di pensiero e di autodeterminazione! Loro hanno deciso, insieme a me, di giocarsi questa partita, e se tu e i tuoi giocatori non ve la sentite, abbandonate il campo e ritiratevi. Noi abbiamo deciso democraticamente di farvi il culo a strisce, o a bande, o se preferisci a nastri. È chiaro?».

Baldi strizzò gli occhi, raccolse il guanto di sfida e ringhiò: «Ci vediamo sul campo!» e senza aggiungere altro, uscì dallo spogliatoio.

Partì un applauso. «Bravo, signor questore» disse Scipioni.

«Gliel'hai cantate!» aggiuse Pierron. Costa lo guardò storto. «Agente Pierron, cos'è, mi dà del tu? Torni nei ranghi e pensi alla partita!».

Calò il silenzio rotto solo da un mugugno di D'Intino. «Forse si riprende» disse speranzoso Curcio.

Gli atleti tornarono ai loro armadietti, bevvero un po' d'acqua dalle bottigliette. «Ci vorrebbe un Gatorade» gli scappò a Scipioni, e un'occhiataccia di Costa lo bruciò. Quella bevanda, nonostante la sfuriata con Baldi, era ancora argomento tabù.

«Come affrontiamo il secondo tempo?» domandarono in coro Curcio e Penzo.

«Dov'è Schiavone?» fece Caciuoppolo.

Ma Rocco era sparito un'altra volta.

«Schiavone!» lo chiamò il questore. «Dottor Schiavone?».

Si guardarono incerti, poi decisero che era il momento di tornare in campo.

«Ed ecco le squadre rientrare...» urlava l'attrice cercando di riportare l'attenzione sul terreno di gioco. Il pubblico infatti era distratto. Chi guardava il cellulare, chi chiacchierava col vicino, molti si erano alzati in piedi voltando le spalle al campo. «Non ci sono sostituzioni, anche perché non ci sono riserve. Notiamo che la squadra della questura anche detta arcobaleno è in dieci!».

D'Intino infatti era steso sulla panchina con uno straccio in fronte.

L'arbitro contò i giocatori in campo. «Che facciamo? Giocate in dieci?».

D'Intino non dava ancora segni apprezzabili di ritrovata coscienza. «In dieci, in dieci» fece Schiavone. Poi, rivolto al questore: «Non mi pare una gran perdita» e poggiò il pallone sul dischetto del centrocampo.

«Direi di no» concordò Costa.

«Allora? Che facciamo?» chiese Scipioni.

«Attendisti!» rispose Rocco.

«Cioè difendiamo il 2 a 1?» domandò sbalordito Miniero.

«Attendisti. Fidati!».

E cominciò il secondo tempo. La questura aveva il possesso palla, una serie infinita di passaggi. Giudici e magistrati cercavano di rincorrere la sfera, ma non riuscivano a prenderla stretti in quella sequenza inutile, laboriosa e noiosa di passaggi senza costrutto.

«Incredibile! La questura nonostante lo svantaggio temporeggia. Fa melina! Una strana tattica!» commentò la voce della radiocronista.

Antonio lanciò Caciuoppolo sulla fascia che tirò da fuori area. La palla per la terza volta colpì la nuca del gup Calderoli e finì in corner. Il magistrato ricadde a terra tramortito. Stavolta i compagni si limitarono a scaricarlo fuori dalle righe del campo.

«La magistratura di nuovo in dieci per l'ennesimo incidente al dottor Calderoli».

Applausi del folto pubblico.

Italo si preparò a battere il calcio d'angolo, Rocco si avvicinò. «Non centrarla, passala a me». Italo eseguì. Rocco la stoppò e attese un avversario. Baldi si lanciò in marcatura, ma Schiavone si mise nella lunetta del corner a proteggere il pallone. Come se volesse far passare il tempo. Come se mancassero pochi secondi alla fine e la sua squadra stesse vincendo.

«Passala, passala!» gridavano i compagni. Ma niente, Rocco non la passava. I difensori diventarono tre, ma Rocco restava lì, nella lunetta, il corpo a protezione della sfera fino a guadagnare un secondo calcio d'angolo.

«Ma che stai facendo?» gli chiese Antonio. «Perdi tempo?».

«Fidati!» rispose Rocco. «Fai passare tempo!».

«Ma perché?».

Rocco non rispose. Ribatterono il calcio d'angolo ripetendo la cosa. E il pubblico, affamato di spettacolo e di azione, cominciò a spazientirsi. Anche Calderoli, barcollando, rientrò in campo andandosi a posizionare il più lontano possibile dalla sfera. Partirono prima i fischi, poi i «buuu», infine urla sgraziate. Poi qualcosa fece cambiare di colpo idea a Rocco. Morlupo, uno dei difensori più arcigni della magistratura, scappò via dal campo come se avesse ricevuto una telefonata dall'ospedale. Per il vicequestore quello era un segnale preciso. Passò la palla a Caciuoppolo che la smistò a Miniero. Il napoletano scartò Messina e Calderoli, ancora intontito dalla pallonata, consegnò la sfera al questore che tirò una bomba di punta che andò ad insaccarsi sotto il sette.

«Goooolllll» urlarono pubblico e radiocronista. I poliziotti si abbracciarono.

«Bellissima azione di alleggerimento che si conclude con un gol meraviglioso del questore!».

Applausi dagli spalti. Costa era al settimo cielo. Petto gonfio d'orgoglio, salutava il pubblico sperando ci fosse anche la sua ex, che lo vedesse ora in quel trionfo di testosterone. «Lei mi sta facendo un bellissimo regalo, Schiavone!» e rimettendo la palla al centro aggiunse: «Questo suo spirito sportivo, questo suo senso di squadra, non me l'aspettavo! Grazie!».

«Bel gol, capo!».

L'arbitro fischiò la ripresa delle ostilità e Solfrizzi, attaccante di fascia della magistratura, scappò negli spogliatoi, seguendo l'esempio di Morlupo. Tre secondi dopo anche De Santis imitò i colleghi. «Ma dove cazzo andate?» gridò Messina. Rocco rubò palla, lanciò il solito Caciuoppolo che aveva davanti un solo difensore che aveva già il fiatone solo per restare in piedi. Anche la porta era sguarnita. Cambellotti infatti aveva appena abbandonato i pali. Il poliziotto tirò e la palla facile facile entrò in porta.

«Goooooollll».

Baldi scuoteva la testa. Guardò Rocco in cagnesco che gli aveva alzato tre dita sul viso: «E tre, Baldi!».

«Ma che succede?» chiese a Messina. Che in quel momento si toccò lo stomaco e uscì dal campo, mentre Morlupo, dopo un'assenza di sei minuti, pallido rientrava sul terreno di gioco.

«Tre a due per la questura. Incredibile il gioco del calcio, un momento sei in cantina e pochi secondi dopo alle stelle! Devo rimarcare la strana diaspora continua degli atleti della magistratura» sottolineò la radiocronista. «C'è un viavai sconcertante con lo spogliatoio e non riusciamo a capire... ecco che è rientrato Morlupo, ma intanto Messina se n'è appena andato. Impressionante, non c'è neanche Cambellotti in porta!».

La partita riprese, ma i magistrati rimasti in campo erano sette.

Il quattro a due, siglato da Scipioni, fu questione di un attimo.

«Goooollll! Quattro a due per la questura!».

Baldi allargava le braccia disperato. Cambellotti era rientrato fra i pali, emaciato, tremava come un cucciolo abbandonato sotto la pioggia. Fu la volta di Sesti a lasciare il terreno di gioco. «Ma che cazzo fate tutti?» gridò Baldi ai suoi. L'arbitro fischiò e la partita riprese.

Italo insaccò il cinque a due.

«Gooooolllll».

Un massacro.

Mentre magistrati giudici e cancellieri uscivano dal campo per rientrare minuti dopo bianchi come cadaveri, i poliziotti inanellavano un gol dopo l'altro. La dodicesima segnatura la firmò addirittura D'Intino di tacco su una palla vagante in area di rigore. Deruta aveva smesso di fare l'orso, s'era seduto vicino al palo e sbocconcellava una merendina che s'era portato da casa. In tutto il secondo tempo non ci fu infatti neanche un tiro verso la sua porta.

Mezz'ora dopo il presidente emise il triplice fischio. La questura aveva battuto la magistratura per 18 a 2.

Una débâcle.

Nello spogliatoio della questura si stappò addirittura lo spumante. In quello della magistratura regnava invece un silenzio assordante.

«Siamo noi, siamo noi, i campioni dell'Italia siamo noi!» cantavano i poliziotti abbracciandosi in mutande. Costa sorrideva. «Schiavone, io non ho capito cos'è successo, ma è una suonata che si ricorderanno per una vita. Così imparano a darci l'acqua e loro a tenersi il Gatorade!».

«Mi creda, dottor Costa» fece Rocco ammiccando,

«ringrazi che avevano il Gatorade. Non credo avremmo vinto altrimenti».

Fuori dallo stadio, Baldi attendeva Rocco e i suoi. Appena li vide uscire, andò dritto col dito indice accusatore puntato su di loro: «Io non so cosa sia successo, ma un sospetto ce l'ho. E le giuro, Schiavone...».

«Siamo noi, siamo noi i campioni dell'Italia siamo noi!» il coro giubilante degli atleti della questura soffocò le proteste del magistrato. Lo superarono e ognuno salì sulla sua macchina abbandonando il magistrato in mezzo al parcheggio.

Il giorno dopo, Italo entrò nella stanza di Rocco. Lo trovò seduto, le mani sotto la scrivania ad armeggiare. «Guarda un po'!» e gettò il giornale sotto gli occhi del suo superiore. Il titolo era: «18 a 2, una lezione che al tribunale ricorderanno a lungo!». Costa s'era lasciato andare coi giornalisti: «Ha vinto lo sport. E la nostra squadra ha dimostrato compattezza, spirito di sacrificio e costanza! Lo so che 18 a 2 somiglia più a un risultato rugbistico, ma evidentemente le forze in campo erano molto squilibrate. È una bellissima giornata per la questura di Aosta!».

Rocco dette una scorsa all'articolo, poi riprese la misteriosa operazione.

«Che stai facendo?».

«Ottocentocinquanta, novecento, novecentocinquanta, quattordicimila!». Alzò il viso raggiante. In mano aveva un pacco di banconote.

«Che cosa...?».

«Quattordicimila euro giocandone solo due. Che ne dici?».

Italo sgranò gli occhi: «Hai... hai scommesso?».

«Duemila che vincevamo. Ci davano uno a sette, no?» e agitò le banconote davanti a Italo. «Tieni, te le sei meritate!» e gli sganciò un millino.

«Eri così sicuro di vincere?».

«Sì» rispose Rocco. Si mise la mano in tasca, tirò fuori una boccetta trasparente e la mise in mano all'agente. «Tieni, magari ti può tornare utile».

Italo la osservò. «Guttalax?».

«Nel Gatorade, è la morte sua! Buona giornata, amico mio!» e seguito dal cane uscì dall'ufficio diretto al suo sportello bancario.

Senza fermate intermedie

Grazie a Dario B. che di treni ne sa...

«Allora che fa, Schiavone?» il questore lo sorprese alle spalle. Rocco si voltò con il bicchierino di plastica ancora pieno a metà. «Mi prendo un caffè!».

«Non fraintenda», Costa infilò la pennetta nel distributore, «mi riferisco a giovedì» e spinse il pulsante. Schiavone prese tempo sorseggiando la ciofeca amarognola dal colore paludoso. «E non lo so. Giovedì?» non ricordava minimamente cosa sarebbe accaduto giovedì di così importante.

«Eh sì, giovedì» insistette il questore osservando il suo bicchierino che si stava riempiendo di quella sostanza giallastra che la macchinetta si ostinava a chiamare cappuccino, ma che al cappuccino somigliava come un trattore a una Ferrari.

«Giovedì, giovedì, giovedì...».

«Schiavone!» sbuffò il superiore. «Giovedì c'è l'inco...?» e lo guardò intensamente, aspettandosi che il vicequestore proseguisse, ora che l'aveva instradato.

«C'è l'incontro...?».

Costa annuiva. «Ottimo, Schiavone. Perché c'è l'incontro per la fe...».

«Per la fede?» azzardò Rocco.

«Ma quale fede e fede! Comunicare con lei mi debilita».

«Dottor Costa, le confesso che non ho la più pallida idea di cosa mi stia parlando».

«La festa del centosessantunesimo anno dalla fondazione della polizia di stato!».

«Ammazza, so' già passati 161 anni? Come vola il tempo, dottore».

Costa non apprezzò. Tolse la bevanda ormai pronta dal distributore. «E la celebriamo come sempre in questura. Ho fatto girare la circolare, lei non legge le circolari?».

«Sempre, dottore».

«Ma ha memoria corta».

«Purtroppo la mia memoria è ottima, dottor Costa».

«Daremo anche un premio ai poliziotti che si sono distinti durante l'anno».

Rocco accartocciò il suo bicchierino di plastica e lo gettò nel secchio. «La prego, non mi dica che...».

«No, tranquillo, lei non è nella lista. Ci mancherebbe» e sorrise a bocca chiusa. «Però deve partecipare. Ci sono i giornalai, le autorità, procura, regione eccetera eccetera. Ah, e quest'anno ho incaricato il vice-ispettore Rispoli di preparare anche un rinfresco. Che non si dica che abbiamo il braccino corto».

«Ottimo, dottore. Ora se permette torno al lavoro».

«Vada, vada» finalmente sorseggiò il cappuccino. Una smorfia di disgusto si dipinse sul volto abbronzato del questore. «Schiavone, lei crede che ci siano i termini per una denuncia ai gestori di questa macchinetta per tentato omicidio? Questo è veleno!».

«Credo proprio di sì» e sorridendo Rocco si avviò verso la sua stanza.

Appena entrato si fiondò alla scrivania, tanto che Lupa si risvegliò dalla pennichella e abbaiò due volte. «Niente, Lupa, qui bisogna cercare... dov'è? Dov'è?» cominciò a scartabellare fra fogli di carta e la posta lasciata lì da giorni. Lettere della banca, un paio di bollette, la famosa circolare del questore che appallottolò e gettò a Lupa. «Dove l'ho messa? Sono sicuro che era qui. L'ho ricevuta l'altro ieri!». Altri fogli misteriosi, appunti presi con una grafia da medico condotto. Niente, non trovava niente. Aprì un cassetto. Agende, post it da riempire, penne e pennarelli. «Giuro che era qui! Chi tocca le mie cose?» urlò, sapendo perfettamente che nessuno, neanche le donne delle pulizie, osavano sfiorare quella scrivania. Poi la vide. La lettera da Roma. Sorridendo e con gli occhi illuminati la alzò verso il soffitto, come fosse il Graal. L'ossigeno tornava nei polmoni. «Eccola!».

Era la convocazione che aveva ricevuto una settimana prima dal condominio di via Poerio, Monteverde Vecchio, Roma, casa sua. Veniva indetta una importantissima riunione per il rifacimento della facciata storica del palazzo. Giorni prima, appena l'aveva letta, aveva imprecato. C'erano i preventivi, il nulla osta delle belle arti. A lui che di millesimi condominiali ne aveva una barca spettava la cifra più onerosa: 50.000 euro da pagare in due comode rate. La riunione in seconda convocazione era proprio per giovedì! Lo ricordava bene. Non aveva intenzione di parteciparvi, una riunione condominiale si stanziava all'ottavo grado della scala delle rotture di coglioni. Ma rispetto a una festa della polizia in questura, nono grado pieno con una tendenza al nove e mezzo, l'assemblea condominiale era una passeggiata. E poi una spesa così esagerata richiedeva la sua presenza. Avrebbe dovuto affrontare i coniugi Salmassi, le mummie sorde del secondo piano di cui nessuno conosceva l'età, anche se Ines la portiera raccontava di aver visto una volta una foto del marito in camicia di orbace e fez in testa. E anche la famigliola De Luca, del primo piano. Una coppia di idioti che avevano anche avuto il pessimo gusto di figliare mettendo al mondo altri due idioti di 9 e 11 anni. E poi c'era la vedova Ardenzi. Una donna cattiva, con gli occhi di serpente e i capelli verdognoli, l'oro al collo e l'acido nelle vene. Senza pensare a Guido, un ex infermiere che aveva accudito il vecchio che abitava all'interno 18. Quello poi era morto e Guido, detto il merda, era riuscito a farsi intestare la casa rubando documenti e brigando al Comune. Rocco s'era ripromesso tante volte di andare in fondo alla faccenda perché Guido detto il merda gli era parecchio antipatico e il fatto che con un sotterfugio si fosse preso gratis una casa da 600.000 euro lo mandava in bestia. Guardò la lettera di convocazione. Strinse fra le mani la sua salvezza. Il questore avrebbe capito.

«50.000 euro, dottore, le pare che posso assentarmi?».

Costa leggeva il foglio e scuoteva la testa. «E non può delegare l'amministratore di condominio?».

«Ma è pazzo? Lo sa come funzionano 'ste cose? Sono loro i primi a mangiarci. Chiamano la ditta amica e prendono la stecca. Almeno a Roma spesso le cose vanno così».

Il questore restituì il foglio. «È un falso che ha appena prodotto lei o devo crederle?».

«Dottore, lei si fida molto poco di me».

«E faccio male?».

«Malissimo. Cosa crede, che è divertente prendere il treno, andare a Roma, partecipare a una riunione condominiale, no dico, ri-u-nio-ne con-do-mi-nia-le e poi tornare al lavoro? Me lo dica lei!».

«Per carità, io ci mandavo mia moglie» e il viso di Costa si rannuvolò. Pensava a sua moglie fuggita con un cronista de «La Stampa», ora giornalista anche lei. Un tradimento che il dirigente non aveva mai mandato giù. «Ma come lei saprà» riprese dopo una tirata di naso, «mia moglie non c'è e allora tocca a me. No, partecipare a una riunione condominiale è terribile. Ecco perché la prossima casa che prendo sarà un villino. Almeno il condominio sarò solo io!».

«Quindi tutti d'amore e d'accordo, no?» scherzò Rocco.

«Mica è detto, Schiavone. Spesso mi contraddico. Lei non si contraddice mai?».

«Sono una contraddizione vivente».

«Bene» e Costa allungò la mano, «vada a Roma e ci vediamo quando torna. In bocca al lupo!».

«Buona festa, dottore». Rocco gliela strinse e uscì dalla stanza con l'animo sollevato.

E con lo stesso animo sollevato se ne stava seduto al

bar di Ettore nella piazza centrale a prendere un caffè
degno di quel nome. Quando non aveva niente da fare, osservava il viavai della gente. Gli piaceva guardare le persone, com'erano vestite, il modo di camminare, vizi di postura, incertezze e soprattutto lo sguardo.
C'era chi lo teneva a terra, chi perso col naso all'insù
guardando il cielo, chi invece lo nascondeva dietro gli
occhiali da sole. Si immaginava la vita e il carattere di
quegli estranei provando a indovinare con la sola os-
servazione di un passo o di un'occhiata. Supponeva ti-
midezze, arroganze, incertezze, di ognuno ipotizzava
la vita, i sogni, le difficoltà e le speranze. Chi parlava
con la mano davanti al cellulare, chi invece a piena voce fregandosene che gli altri ascoltassero i suoi fatti pri-
vati. Chi gettava occhiate furtive, chi sembrava avesse paura di schiacciare delle uova disseminate sul marciapiede, chi era orgoglioso del suo cane, chi del suo
didietro o delle labbra fresche di sala operatoria. Poi
lontano vide una figura familiare. Camminava a testa
in giù, ad ampie falcate, immerso nei suoi pensieri. Ogni
tanto si passava la mano fra i capelli aggiustandosi il
ciuffo. Aveva i pantaloni a quadretti, la giacca a righe
e una camicia rosa. Non c'era bisogno di aspettare che
alzasse il viso per riconoscerlo. La foggia e la leggera
zoppia alla gamba destra e le scarpe slacciate non po-
tevano che appartenere ad Alberto Fumagalli, l'anatomopatologo livornese, che avanzava tenendo una linea
dritta che idealmente avrebbe tagliato in due la piazza. Avrebbe, perché a una decina di metri quella retta immaginaria del percorso del medico incocciava con

il secondo lampione della piazza. Pochi secondi e ci sarebbe stato l'impatto. Fumagalli guardava fisso in terra, il palo del lampione era sempre più vicino. Rocco si girò verso il suo vicino di tavolino: «Dieci euro che lo prende in pieno». Quello lo guardò senza capire. E invece Alberto con un'abile e improvvisa veronica evitò l'ostacolo e riprese a camminare nella direzione prestabilita. «Sbagliato» fece Rocco finendo il caffè. «Se c'era Sebastiano m'ero giocato dieci euro...». Alberto alzò lo sguardo. Riconobbe Schiavone ma non sorrise. Deciso, deviò dal suo binario invisibile per avvicinarsi al tavolo. «Lo stipendio a fine mese lo vai a prendere col passamontagna?».

«Situazione tranquilla» rispose Rocco allargando le braccia. «Te invece? Prima volta che ti vedo in giro e non in obitorio».

«Situazione tranquilla. Talmente tranquilla che mi sono preso le ferie» alzò una mano, «tre giorni. Vuoi sapere dove vado?».

«No».

«Te lo dico uguale. Nella tua città. C'è una mostra di Cézanne parecchio interessante e un concerto... ma questo non è roba per te, non ci arrivi, è musica colta».

«Mi sottovaluti».

«Ah sì?» si sedette al tavolino e guardò il vicequestore negli occhi. «Allora due composizioni di Gervasoni e una di Boccadoro».

Rocco lo guardò in silenzio. «No, non ci arrivo».

«T'ho detto! Vatti a sentire gli Spandau Ballet e non metterti in cose più grandi di te».

«Sei rimasto indietro, gli Spandau non esistono da anni. Anche io vado a Roma. Scendo mercoledì».

«Io pure. Torino-Milano-Roma Frecciarossa?».

«Esatto».

«Mica vorrai prendere il posto accanto al mio?».

«Tranquillo, vado in prima classe, non metterti in cose più grandi di te».

«Ah» Fumagalli fece una smorfia. «Mi vai in prima».

«Certo. In seconda parlano tutti al cellulare ad alta voce, scendi stanco e rincoglionito. Vado a una riunione condominiale, la prima classe è d'obbligo».

«Allora ci si vede sul treno?».

«Se proprio dobbiamo».

L'anatomopatologo si alzò. «La prossima volta fa' almeno il gesto di offrirmi un caffè» girò le spalle e si allontanò. «Mica ti porterai il cane» disse ammiccando a Lupa.

«Che dici Lupa, vuoi venire in treno o te ne stai da Caterina?».

Lupa scodinzolò felice. «Ricevuto».

La prima parte del viaggio in auto con Deruta dalla questura di Aosta a Torino Porta Nuova era stata devastante. L'agente aveva guidato in autostrada alla velocità di 90 chilometri all'ora e alla prima sigaretta di Rocco era stato aggredito da un attacco di tosse talmente violento che dovette cedere il volante al vicequestore. E finalmente la velocità di crociera aumentò di 40 chilometri orari. Salito sul treno però sembrava che la giornata avesse cambiato segno. Nel vagone erano solo in quattro. Rocco sapeva che c'era poco da sperare. A Milano sicuramente si sarebbero aggiunti altri passeggeri. Poi il treno avrebbe tirato dritto fino alla stazione di Roma Termini senza fermate intermedie. Il vicequestore si sedette. I sedili erano comodi e nella carrozza numero 2 regnava un silenzio piacevole e un odore di pulito. Evitò con accortezza il caffè del carrellino e provò a leggere le notizie sul cellulare, ma il wi-fi del treno, come spesso succedeva, non funzionava. Dovette appropriarsi di un quotidiano per scorrere qualche notizia, ma a parte questo fino a Milano filò tutto liscio. Lì come c'era da aspettarsi salirono un sacco di persone che riempirono quasi metà carrozza. Rocco si trovò a ritirare le gambe per non intrecciarle a quelle di un ragazzo pieno di piercing che cercava di sistemare la custodia di una chitarra sulla cappelliera. Accanto gli si sedette una donna con gli occhiali da sole che a giudicare dalla puzza di aglio che emanava, la sera prima doveva aver ingollato 18 bruschette. Rocco non poteva sostenere la puzza di aglio emanata dalla pelle. Non avrebbe resistito fino a Roma con quella accanto che, una volta preso posto, aveva tirato fuori un pacco enorme di riviste di moda e cominciato a sfogliarle umettandosi l'indice della mano destra a ogni pagina, cosa che a Rocco faceva schifo. Era un gesto che sua zia Annarella, aiuto pescivendola al mercato di piazza San Cosimato, eseguiva ieraticamente ogni volta che le capitava «Oggi» o «Gente» per le mani. Si sedeva con le spalle alla finestra e alzando le sopracciglia in tono altezzoso cominciava a sfogliare la rivista ciucciandosi il dito e fracicando il giornale. Muoveva la testa da destra a sinistra mentre girava la pagina. Guardava solo le figure, s'era fermata alla terza elementare e a malapena sapeva leggere il suo nome, però commentava con risolini sarcastici gli articoli. Le sue mani puzzavano perennemente di pesce. Quell'odore terribile di marcio tornava alle narici di Rocco ogni volta che qualcuno praticava il volta-pagina inumidito, e se alla puzza di pesce marcio si aggiungeva l'aglio della bruschetta l'effetto poteva essere devastante. Si sentì appestato, la camicia, i pantaloni, perfino i capelli contaminati da quel tanfo. «Mi scusi!». Si alzò in piedi e si scrostò dalla trappola olfattiva. Doveva andare al bagno a lavarsi almeno le mani, poi avrebbe rischiato un caffè alla carrozza bar e infine avvertito il controllore di trovargli un altro posto lontano dalla bruschettara.

Il bagno della carrozza 2 era fuori servizio. Rocco alzò gli occhi al cielo e proseguì verso la numero 5, quella del bar. Incontrò altre toilette, tutte in funzione ma occupate. Si annusò le mani. Sapeva che puzzavano di pesce o di aglio. E infatti. Con una smorfia di disgusto se le allontanò dal viso. Un addetto alle pulizie in tuta da lavoro e un secchio in mano gli cedette il passo. «Senta» gli disse il vicequestore, «il bagno della carrozza 2 è fuori servizio, e gli altri occupati».

«Che posso fare?».

«Ce l'ha un po' di sapone?».

Quello lo guardò senza capire.

«Mi devo lavare le mani con urgenza!».

«Al prossimo vagone c'è il bagno».

«Sì, ma guardi» e Rocco gli indicò la lucina rossa accesa. «È occupato pure quello».

«Eh sì, è una cosa strana, appena il treno si muove tutti al bagno!» notò il ragazzo con una punta di tristezza. «E non le dico cosa ci tocca pulire... lasciamo perdere, va'!».

«Allora ce l'ha del sapone qui con lei?».

Quello alzò le spalle. «Veda un po' se va bene questo. Lo uso io per disinfettarmi».

Gli allungò un flaconcino con dentro del gel trasparente. «Che è?». Rocco avvicinò il naso. Una smorfia di disgusto. «Sa di mela, schifo! Mela con aglio e pesce, è terribile! No, vabbè, lasci perdere» e continuò per la sua strada.

Sballonzolato dalla velocità del treno entrò finalmente nella carrozza bar. «Due caffè per favore. Uno lo bevo, l'altro mi dia solo la cialda».

L'addetto al bar lo guardò stranito. «E che ci deve fare?».

«Lei non si preoccupi. Lo pago. Mi dia la cialda!».

«Come vuole lei» fece quello alzando le spalle e consegnandogli un piccolo cilindro di plastica. Rocco lo afferrò e tolse la sicurezza di alluminio.

«Lo lecchi?» fece una voce alle sue spalle. Rocco neanche si voltò. «No, Albe', mi serve per un'altra cosa».

Fumagalli si mise ad osservarlo. Schiavone si rovesciò la polvere di caffè sulle mani, poi cominciò a sfregarle.

«Dio bono, tu non stai bene».

«Lascia perdere...». Finita l'operazione spolverò nel lavandino la polvere restante e infine si annusò le mani. «Ahhh! Sì, il caffè spazza tutto via! Senti che meraviglia!» provò ad avvicinare le mani al naso dell'anatomopatologo, ma quello si ritrasse. «Ma va' via, va'... Mi fa un caffè pure a me?».

«Certo. Intanto il secondo caffè, dottore. Lo beve o ci si lava i denti?».

Rocco mise delle monete sul bancone. «A lei...».

«Ma che ha toccato?» gli chiese il barista del treno contando il resto.

«Sapevano di aglio» rispose Rocco. «Una cosa schifosa». Bevve il caffè. «Più o meno come 'sta ciofeca!». Il barman sorrise. «Non lo dica a me. Sono di Caserta e a fare il caffè con questo trabiccolo mi viene da piangere...».

«Come va il viaggio, Fumaga'?».

«Male. Parlano tutti al cellulare e sono dietro ad un bambino che urla».

«Il bimbo che urla è un ottavo livello pieno. Ottavo livello. Una volta me ne capitò uno di tre anni in aereo. Gridava che sembrava lo stessero operando senza anestesia. Poi alla fine voleva solo il cavalluccio. Dico io, tu mamma, tu padre...».

«Ce l'hai con me?».

«È un modo di dire. Tu madre sai che quello vuole il cavalluccio? E dagli il cavalluccio e non spaccare le orecchie a mezzo boeing... invece fino a Dublino niente!».

Fumagalli tracannò il caffè. Si rivolse al barman: «Il mio amico ha ragione. Questa è una ciofeca vera! Vabbè, me ne torno al mio posto. In seconda classe, in mezzo alla gente che urla al cellulare, ai bambini che piangono e a quelli che si addormentano e russano con la bocca aperta».

«Ci sono anche in prima, amico mio. È solo questione di fortuna!».

«Io preferisco le penne lisce!...».

Il treno sfrecciava nella pianura avvolta da una nebbia delicata che lasciava intravedere alberi e case ma non l'orizzonte o il cielo. Rocco s'era allontanato di una decina di poltrone dal vecchio posto ma era capitato davanti a un uomo che continuava a parlare al cellulare a voce alta.

«Le penne rigate non lo so... mi danno idea di... come? Lo so che prendono meglio il sugo...». Era da mezz'ora che parlava e sbraitava. Schiavone cercava di leggere il «Corriere», gentile omaggio delle Ferrovie dello Stato, ma concentrarsi era impossibile.

«Dici? Appena torno me lo compro anche io. A proposito, ieri grande partita, eh? Non se l'aspettava l'avvocato di perdere così... no no, pure tu hai giocato bene».

Rocco si sgranchì il collo, le mani, respirò profondamente, guardò fuori dal finestrino.

«Il gol che hai fatto? Un capolavoro!» gridava quello. Il vicequestore abbassò il giornale e scambiò uno sguardo con una signora elegante che alzò gli occhi al cielo evidentemente anche lei infastidita dal vocione dell'uomo al cellulare.

«Ancora con la Fiat? Ancora con la Fiat?».

Rocco si alzò. Il tipo era sui 40 anni, capelli cortissimi, pizzetto disegnato, giacca e cravatta, girava distrattamente le pagine di una rivista. «Fa' come vuoi, solo scordati i consumi ridotti...».

Rocco riuscì ad attrarre la sua attenzione. Gli fece cenno di abbassare un po' la voce. Quello lo guardò sorpreso. «Aspetta un attimo, Luca» fece al telefono. «Dica?».

«Può abbassare un po' la voce, per favore?».

«La voce? Perché, sto urlando?».

«Se glielo chiedo evidentemente sì». Un sorriso e il vicequestore riprese il suo posto. La signora elegante lo ringraziò con un piccolo cenno del capo e tornò a leggere il libro.

«Dai Luca, ma allora sei fuori! Le hai detto così! Ahahahahah».

No, non aveva capito. Meglio, aveva ignorato la cortese richiesta di Rocco Schiavone. Si rialzò dal sedile. «Mi scusi?».

L'uomo sollevò gli occhi al cielo. «Scusa Luca» poi esasperato tornò a guardare Schiavone. «Che c'è!».

«C'è che lei sta urlando. E sta dando fastidio a tutti. Le ho chiesto di abbassare il volume, ma non mi ascolta».

«Solo a lei do fastidio?».

«No. Alla signora laggiù per esempio, e se dà un'occhiata agli altri passeggeri...» l'uomo si affacciò nel corridoio. Lo stavano guardando tutti in cagnesco. «Ecco, si rende conto che sta disturbando l'intero vagone? Per favore, cosa le costa abbassare la voce?».

«Vabbè, saranno cinque minuti, ora finisco la telefonata e...».

«Lei sta parlando da una buona mezz'ora».

L'uomo non disse niente. Si rimise a parlare con l'amico. «Scusa Luca, allora appena arrivo a Roma ti chiamo. Qui ci sono persone dall'udito sensibile...» ridacchiò.

Rocco si girò verso la signora che scuoteva la testa. Il vicequestore allargò le braccia «Me lo dica lei signora, che devo fare?».

«Non lo so» rispose quella, «lo vuole picchiare?».

«Che ci vuoi fare, Luca? La gente non si fa i cazzi suoi. Comunque non riesco ad andare on line, cercalo tu il ristorante, per favore!».

Rocco strinse i pugni. Stava per avventarsi sul disturbatore quando l'urlo di una donna dall'altra parte della carrozza gelò il sangue di tutti. «Aiuto!». Rocco si voltò cercando di individuare la fonte di quel grido. Anche altri passeggeri si erano alzati in piedi. «Aiuto! Aiuto!». Il vicequestore si fece strada nel corridoio e arrivò finalmente al suo vecchio posto. La donna bruschetta s'era tolta gli occhiali, il ragazzo coi piercing era pallido come uno straccio. Nei quattro posti alle loro spalle una donna anziana continuava a gridare mentre un uomo sui 50 cercava di calmarla: «Basta mamma, calmati. Calmati adesso!». La donna teneva stretto tra le mani inanellate un piccolo beauty case di pelle blu. Nel viso rugoso spuntavano gli occhi terrorizzati, grandi, verdi come smeraldi. «Aiuto!». Davanti alla madre e al figlio, un trentenne brizzolato che lavorava col notebook era congelato dal terrore.

«Che succede?» gridò Schiavone.

«Mi hanno rubato tutto. Tutto!» rispose la donna con la voce querula.

«Come tutto? Che dice?».

«Mamma, mamma, per favore calmati».

La donna cominciò a tremare per tutto il corpo.

«Si alzi!» ordinò Rocco al trentenne, che afferrò il suo computer e cedette il posto al vicequestore. «Signora! Signora!».

«Mamma per favore...» e quella abbassò le palpebre chiudendosi come un fiore al tramonto. «Mamma? Mamma!».

Il figlio era seduto accanto a sua madre. Le teneva la mano che spuntava dal cappotto verde che il controllore insieme a Schiavone avevano steso come un sudario sulla donna. Piangeva in silenzio, gli occhi erano diventati rossi. Il treno continuava la sua corsa. Avevano sgombrato il vagone e trasferito tutti i passeggeri nella carrozza numero 3. Il capotreno era corso ad avvisare Roma Termini per l'organizzazione del trasporto della salma. «Avvertiamo i gentili passeggeri che al centro del treno è attivo il bar dove potrete trovare caffè, panini e bibite... Frecciarossa ringrazia...» la voce asettica della speaker risuonava nelle casse mentre i monitor indicavano che non mancava troppo a Bologna.

«Si potrebbe almeno spegnere 'sta voce in questa carrozza?» chiese Rocco al controllore che allargò le braccia. «Non... non credo».

«E allora magari interrompiamo gli annunci. Se n'è accorto che abbiamo un morto?».

Il controllore annuì e si avviò verso la testa del treno. Dall'altra parte della carrozza fece il suo ingresso Fumagalli con il trolley e una valigetta. Scambiò un'occhiata con Rocco, poi fece gentilmente alzare il figlio della donna. «Per favore... sono un medico... posso dare un'occhiata?».

Il figlio, come se braccia e gambe si muovessero autonomamente, si alzò cedendo il posto a Fumagalli che subito scoprì il corpo.

«Venga con me» fece Rocco e prese sottobraccio l'uomo sconvolto per portarlo nella carrozza 1.

«Chi... chi è?» chiese il figlio.

«È un medico. Un mio amico. Venga, venga con me».

«Un medico? È tardi per un medico, no?».

«Non per quel tipo di medico».

Erano seduti nel piccolo scompartimento di servizio. Flavio Sommaruga, il figlio della vittima, beveva un tè. Il capotreno si passava la mano sulla testa pelata e soffiava dal naso come un motore a vapore.

«Mamma era cardiopatica» disse Flavio, «era questione di tempo... prima o poi...».

«Io intanto ho chiamato in stazione. Stanno organizzando tutto» fece il capotreno. «Lei, dottor Schiavone...».

Rocco non diede il tempo al capotreno di formulare la domanda. «Che cosa hanno rubato?».

«Eravamo andati a Varese... mia zia, la sorella di mamma, è morta quattro giorni fa... aveva 85 anni. Stavamo tornando a casa dopo i funerali. Mamma aveva preso le gioie di zia, le aveva messe nel beauty e all'improvviso s'è accorta che il sacchetto di velluto non c'era più...».

Il capotreno abbassò la testa. «Cosa c'era nel sacchetto?».

«Gioielli. Antichi. Di valore, sa? Insomma, io non me ne intendo, ma a sentire mamma c'erano rubini, anelli d'oro. Tutti ricordi di famiglia».

Il capotreno si limitava ad annuire a testa bassa.

«Mamma dormiva. Io leggevo il giornale. Non mi sono accorto di nulla. Solo all'improvviso l'ho vista chinarsi per prendere il beauty, come se avesse avuto un presentimento, e infatti i gioielli non c'erano più».

«Signor Sommaruga, posso farle una domanda?».

«Certo» rispose quello.

«Avete aperto il beauty prima di salire in treno? Oppure mentre eravate a bordo? Ci pensi bene...».

L'uomo si guardò le mani. «Non mi pare».

«Sicuro?».

«Sto pensando... ah sì, certo. Mamma prima di salire ha preso il pacchetto di preziosi che era in valigia per metterlo nel suo beauty... sì, le ho anche detto che doveva stare tranquilla, che non sarebbe successo niente, e invece... povera mamma» e scoppiò a piangere silenzioso. Solo lo sterno si muoveva come sconquassato da colpi che qualcuno menava dall'interno della cassa toracica.

Rocco si alzò. «Va bene, signor Sommaruga... ora lei resti qui, si beva il tè e cerchi di calmarsi» poi fece un cenno al capotreno che si alzò e lo seguì fuori dallo scompartimento.

«Come si chiama?».

«Io? Muslera Ferdinando».

Rocco lo guardò. «Senta un po', Muslera Ferdinando, lei che mi dice?».

«Che le dico? Che sono stufo! È il terzo furto nel giro di un mese, porco Giuda ladro. E a me è la seconda volta che capita!».

Il treno prese un paio di scossoni. Rocco si appoggiò al vano portabagagli. «Va bene, questo fino a Roma non ferma, giusto?».

«Giusto, dottore... e allora? Che fa? Il ladro è a bordo di sicuro, si mette a perquisire tutti i viaggiatori? Saranno 300».

«Non solo, signor Muslera, non solo. Anche la refurtiva è ancora a bordo. Qui i finestrini non si aprono. Abbiamo meno di tre ore per trovare qualcosa. Io direi di darci da fare».

«Come posso aiutare?» chiese il capotreno.

«Lei ce l'ha una lista dei nomi dei passeggeri?».

«Sì, basta guardare i biglietti».

«E chiamando Roma può rimediare la lista degli altri due treni, quello dove sono avvenuti ultimamente i furti?».

Muslera allargò le braccia. «Non lo so se c'è. Ci posso provare».

«Ci provi. Dobbiamo fare una breve fermata a Bologna. Facciamo salire due agenti della Polfer che mi tornano utili, ma mi raccomando, aprite una sola porta. Nessuno, dico nessuno, deve lasciare il treno!».

«Signorsì!» rispose il capotreno che evidentemente aveva fatto il militare.

«Un'ultima cosa. Se devo fumare?».

«Qui non si può».

«E io come faccio a lavorare?».

«Non lo so... beva dell'acqua, no?».

«Col cazzo...».

Trovò Fumagalli accanto alla donna. «Cosa vuoi che ti dica, Rocco? Se n'è andata con un infarto».

Rocco annuì. Un uomo anziano faceva dei cenni dal fondo del vagone.

«Sì? Che c'è?».

«Dottore, mi scusi. Devo prendere una pillola, ce l'ho nella valigia. Posso?».

«Prego».

Facendo molta attenzione l'anziano si avvicinò poggiandosi agli schienali delle poltrone fino a raggiungere il suo posto. Era proprio accanto a quello della donna, solo dall'altra parte del corridoio.

«Lei ha visto qualcosa?» gli chiese Rocco

«No... niente... solo all'improvviso la signora ha urlato...».

«E mi dica, si ricorda chi era seduto dietro alla signora?».

«Nessuno. Lo so perché mi ci volevo mettere io. Non mi piace stare seduto in senso contrario di marcia. Lì c'erano due posti vuoti e comodi per me...» l'uomo si mise a cercare nella sua valigia. Trovò le pillole e con un sorriso si accomiatò. Rocco aspettò che fosse a distanza, poi si rivolse ad Alberto: «Pare sia il terzo furto in poco tempo. Chiunque sia stato è uno organizzato. La cosa l'ha già fatta e evidentemente ha funzionato. Vuoi darmi una mano?».

«Perché no?».

«Allora guardati intorno. Che vedi?».

Fumagalli obbedì. «Carrozza vuota, qualche curioso che ci sta osservando dalla porta a vetri laggiù, l'anziano che è arrivato senza spaccarsi il femore alla fine del vagone, fuori mi pare l'Appennino, il che significa che fra un po' arriviamo a Bologna, e che altro? Niente!».

«Io vado a fumare».

«Non si può!».

«Vado nel bagno e copro con la plastica il rilevatore di fumo. Vieni con me?».

«Nel bagno? Secondo te ho voglia di chiudermi in una camera a gas?».

La sigaretta aveva un brutto sapore, Rocco la spense al secondo tiro. Prima di tornare nella carrozza 2 fece un salto in quella successiva. Ancora in piedi, sconvolto, trovò il trentenne che lavorava al notebook. Sembrava tremare. «Mi scusi... perché non si siede?».

«Eh?».

«Vicequestore Rocco Schiavone, polizia di stato. Lei è?».

«Storti. Francesco Storti. Ma che è successo?».

«Lei era seduto davanti alla signora. Ha visto niente?».

«No... niente». Gli occhi tondi e distanti con mezza palpebra calata, la bocca grande e senza labbra che pareva un taglio netto a unire le due guance, il collo grasso, nel bestiario di Rocco Schiavone questi dettagli catalogavano il giovane alla voce Hyla arborea, comunemente detta raganella.

«All'improvviso mentre lavoravo l'ho sentita urlare... poi tremava, tremava... non me lo scordo più».

«Mi dica se ha notato qualche movimento strano poco prima del fatto».

Storti abbassò gli occhi, stava cercando di radunare le idee. «No dottore, proprio no... sono salito a Milano, ho preso posto, loro erano già seduti, ho aperto il computer e mi sono messo a lavorare. Niente di più. Mi dispiace non poter aiutare, mi dispiace proprio... ma che è successo?».

«Un furto».

A Bologna erano saliti due agenti della polizia ferroviaria che ora se ne stavano seduti qualche poltrona più in là del cadavere. Rocco il capotreno e Alberto erano davanti a un mucchio di fogli e a un portatile.

«Ecco» fece Muslera, «questa che ho sul pc è la lista dei passeggeri. E questo foglio è la lista di uno dei due treni dov'è avvenuto il furto la settimana scorsa. L'altra me la mandano fra poco».

«Mica vorrai controllarli tutti?» chiese Fumagalli.

«Facciamo così» propose il vicequestore. «Alberto legge il nome, lei signor Muslera lo scrive sul pc e lo cerca nella lista del treno di una settimana fa. Trovate una coincidenza, segnate il nome. È facile».

«Che palle» mormorò Alberto. «Non sono manco in ordine alfabetico, c'è da diventare scemi...».

«Va bene. Allora comincio con la prima classe. Rossella Tito...».

«Non c'è» fece il capotreno.

«Barzucchi Luca...».

«Come sopra».

«Schiavone Rocco...».

«Che sono io e quindi saltatelo».

Il vicequestore si era alzato e avvicinato al posto 8A, quello della vittima. Il figlio le era seduto accanto e aveva ripreso la mano di sua madre. Se ne stava con gli occhi chiusi mentre la testa dondolava al ritmo delle rotaie. Rocco guardò i posti alle spalle, il 6A e il 6B. Si mise seduto proprio dietro la donna. Si chinò. Da sotto il sedile riuscì a scorgere i piedi della vittima. A terra la moquette era pulita, come pulito era il sedile. Allungò una mano e quasi poteva toccare le caviglie della poverina. Annusò. Chiuse gli occhi.

«Bimbo, che cazzo fai?» gli chiese Alberto.

«Osservo, annuso». Guardava l'anatomopatologo dal basso verso l'alto. «Solo che dall'altra parte del sedile da qui non ci arrivo...».

«Ed è una cosa grave?».

«No, ma è importante. Te che hai da dirmi?».

«Abbiamo trovato ben sei nominativi. Che facciamo, li controlliamo?».

«No, aspettiamo l'altra lista. E vediamo se ci sono altri riscontri». Si disincagliò dai sedili e tornò nel corridoio. Andarono a prendere posto accanto agli agenti della Polfer. «Come va?» chiese Rocco. I due annuirono. «Insomma... a me è la prima volta che capita una cosa simile» fece quello più giovane.

«I furti capitano più spesso sui regionali. Ci sono un sacco di fermate, i finestrini si aprono».

«Infatti secondo voi dov'è nascosta la refurtiva?» chiese Rocco osservandoli.

«Boh. In valigia? Ma non è che possiamo perquisire 300 bagagli, no?».

«Giusto» fece Rocco. «Ma per sicurezza?».

«Non ne abbiamo idea» risposero in coro.

«Facciamo la stessa domanda al ladro e vediamo cosa risponde».

«Che intendi?» chiese Alberto.

«Aspetta e osserva». Poi chiamò: «Muslera?».

Il treno correva tagliando la campagna toscana. Passati gli Appennini il sole era tornato e splendeva illuminando paesaggi rinascimentali. Ville di campagna con torri al centro decorate con orologi e meridiane, pecore al pascolo, terra coltivata a scacchi verdi e marroni. «Attenzione prego... chi vi parla è il vicequestore Rocco Schiavone, polizia di stato» risuonò nella carrozza. Alberto e i due agenti alzarono istintivamente lo sguardo. «Agenti della polizia ferroviaria passeranno nelle carrozze per un controllo dei bagagli e di tutte le valigie del personale di bordo. Vi preghiamo la massima tolleranza e disponibilità, l'operazione durerà pochi minuti. Grazie per la pazienza...».

L'agente più anziano sgranò gli occhi: «E che, mo' ci tocca guardare dentro 300 bagagli?».

«Non credo» rispose Alberto. «Credo invece che sia solo una scena che fa il vicequestore».

«E perché?».

«Per restringere ancora di più la ricerca, amico mio» e sorridendo si lasciò andare sul sedile.

«Bene, allora stavolta è più semplice. Abbiamo i sei nomi della lista del treno di una settimana fa. Lei Muslera ha invece i nominativi dell'altro treno, quello di tre settimane fa dove pure è avvenuto il furto?».

«Pronto!» disse il capotreno davanti al suo pc.

«E vediamo se uno di questi sei era presente anche su quell'altro treno...». Con gli occhi incollati alle carte Rocco iniziò a declamare i nomi. Muslera digitava sul portatile e negava con la testa. Fumagalli invece guardava fuori dal finestrino.

«Francesco Storti».

«Ce l'ho!» urlò Muslera.

«Ah! Il vicino di posto della vittima. E uno... Rossella Casale... Paolo Romiti...».

«E ricordiamoci che io ho i nomi del personale di bordo» disse Muslera gettando un taccuino sulla poltrona accanto alla sua. «Solo tre stavano sugli altri treni. Un controllore, un addetto alla ristorazione e uno delle pulizie».

«Lasci perdere quello della ristorazione. Solo il controllore e l'addetto alle pulizie» fece Rocco. «Andiamo avanti... Marzia Altobelli...».

«Ce l'ho!» urlò il capotreno.

«E due...».

Controllando i numeri dei posti Muslera faceva strada attraversando i vagoni a Rocco Schiavone e ai due agenti della Polfer. «Sono tutti in seconda. Allora, Francesco Storti carrozza 7 posto 18B...».

I viaggiatori erano in allarme, osservavano i poliziotti con un misto di ansia e di curiosità. Non capivano cosa stesse succedendo. Qualcuno lo chiese, a qualcuno Rocco rispose, ma i più se ne stavano seduti in silenzio a guardare i 4 uomini passare di carrozza in carrozza col treno a quasi 300 chilometri orari, preoccupati dal solito guasto, non sia mai, da un attentato terroristico. Ma Rocco sorrideva, e questo aiutava a sciogliere un poco la tensione. «Allora 14... 15... e 16... Eccoci qua. Ci rivediamo?».

La raganella alzò lo sguardo dal notebook. «Salve...».

«Ma lei non era in prima classe?».

«Io sì... è che posto non ce n'era più e sono venuto qui».

«Può per cortesia aprire il suo bagaglio?».

«Certo!» e indicò la cappelliera. «È quella sacca verde. Quella con la tracolla».

L'agente giovane della ferroviaria la prese immediatamente.

«Posso chiederle perché va spesso a Milano?».

«Lavoro in un'azienda di investimenti. Faccio la spola con Roma. Io in realtà sono di Milano, domani ho una riunione in banca a Roma».

«Si tiene sempre al corrente con le borse di tutto il mondo, no?».

«È il mio lavoro. Lo sa, basta arrivare cinque secondi in ritardo e l'affare può andare in fumo. A proposito, posso rimettermi al lavoro?».

«Voi avete qualcosa da chiedere al signore?» fece Rocco agli agenti e al capotreno.

«No» risposero quelli alzando le spalle.

«Ah no, io una cosa sì. Ma lei ci capisce qualche cosa?» e indicò il monitor del notebook. Un titolo cubitale davanti a un diagramma rosso e blu: «Esistenza di relazione negativa con il livello di disclosure».

«Direi di sì, è il mio lavoro. Però per spiegarglielo impiegherei un sacco di tempo. La finanza è una cosa complessa».

«Quindi non è questione di fortuna?».

«No. È una scienza, signor mio. Lei dà molto peso alla fortuna?».

«Preferisco i fatti. Mi stia bene, signor Storti. Passiamo al prossimo» disse al capotreno.

«Che è alla carrozza 8 posto 2A, signora Marzia Altobelli».

Stessa scena per ogni vagone. Stessi sguardi attenti e allarmati, chi dormiva si risvegliava, chi se ne stava in piedi si rimetteva seduto. La campagna idilliaca e il sole all'esterno stonavano con l'aria tesa che si respirava dentro il treno. Incrociarono il giovane addetto alle pulizie. Il capotreno lo salutò. «Uè Luigi...».

«Buonasera, ma che succede?».

«Un furto alla carrozza 2» disse Muslera, ormai parte integrante dell'indagine.

«Di nuovo?».

«Già...».

«Ah dottore, ha trovato poi il sapone?» chiese l'addetto a Rocco.

«Ho fatto con il caffè. Grazie però!».

«Con il caffè?».

«Era solo una questione di odore, non di pulizia. E il caffè copre tutto, non lo sapeva?».

«A proposito» fece il capotreno. «Luigi era sui treni quando avvennero gli altri due furti».

Luigi annuì. «Sì, c'ero anche io... è vero».

Rocco lo osservò. «Ha delle valigie con sé?».

«No, io no. Faccio la tratta e poi torno a casa. Ho solo questi» e alzò il secchio e una valigetta nera. «Ci sono le cose per pulire».

«Possiamo dare un'occhiata?».

«Certo!».

A parte qualche straccio, prodotti per le pulizie e i passepartout per aprire i bagni non c'era altro. «Grazie Luigi e buon lavoro» e Rocco riprese a camminare seguito dagli agenti.

Marzia Altobelli era una donna sopra i 50 anni. Teneva i ferri da maglia posati in grembo. Stava lavorando a un pullover nero a collo alto. «Sono io Marzia Altobelli, che succede?».

«Vicequestore Rocco Schiavone. Vuole essere così gentile da mostrarci la sua valigia?».

«Guardi, è quella rossa, lì sopra» e indicò un valigione con tanto di rotelle. L'agente giovane l'afferrò e con fatica la portò a terra. Un bambino curioso spuntò fuori dallo schienale della poltrona proprio davanti alla signora.

«Ma che succede? Ho sentito anche l'annuncio prima...».

«Una brutta storia alla carrozza 2, prima classe» rispose Rocco guardando la valigia. C'era qualche vestito e una quantità di recipienti di plastica con coperchio infilati uno dentro l'altro.

«Mia figlia. S'è trasferita a Milano da sei mesi, ancora le porto da mangiare e le vado a fare un po' di lavatrici. Lo sa come sono i figli?».

«No, non lo so» rispose Schiavone, «non ne ho».

Marzia Altobelli si tolse gli occhiali. «Fanno gli indipendenti, poi alla prima bolletta restano con la bocca aperta e non sanno dove andare».

«Non è colpa loro, signora».

«Ah no?».

«No. La colpa è nostra. Lei a venti anni sapeva pagare una bolletta? Farsi una lavatrice?».

«Direi di sì... sì, anche se sono passati secoli!».

Rocco restituì il sorriso alla donna. «Appunto. Non è che le generazioni rincoglioniscono. A meno che la precedente non ce la metta tutta per dargli una mano».

«Ricevuto, dottore... ricevuto!».

«La lasci senza cibo e senza lavatrice. Dopo tre giorni avrà trovato il modo di sopravvivere. Ma io sono sicuro che non sia quello il problema».

«Lo so cosa sta dicendo. Siamo noi che non tagliamo il cordone, e ha ragione».

Rocco gettò un'occhiata all'agente che aveva finito di ispezionare il bagaglio. «Mi dica almeno che il maglione è per lei!».

«Per mia figlia dice?».

«Esatto».

«No, è per il suo fidanzato».

Rocco si strinse le labbra. «Annamo bene. Vabbè, signora, buon viaggio...».

Erano arrivati all'ultima carrozza. Al posto 4D, l'ultimo viaggiatore da controllare.

«Guglielmo Sartori?».

L'uomo con un barbone nero striato di bianco e una pancia enorme alzò lo sguardo verso Rocco togliendosi gli occhiali. «Sì... sono io».

«Vicequestore Schiavone. Vuole essere così gentile da farmi controllare il suo bagaglio?».

«No, se non mi dice perché».

«Si tratta solo di un controllo. Mi creda, prima mi dà retta e prima facciamo».

Scuotendo il testone barbuto l'uomo si alzò. Non era alto, ma molto tondo.

«La sua valigia?».

«Non ce l'ho. Ho solo lo zainetto» e passò una sacca nera vecchia e sporca che teneva accanto.

Rocco fece un gesto ai poliziotti. Niente intanto sfuggiva all'attenzione dei viaggiatori che stavano in ascolto, almeno quelli a portata di udito. L'agente anziano chiese a Sartori di aprire lo zainetto. Cosa che l'uomo fece immediatamente. C'erano carte, una mela e una maglietta. «Lei fa spesso Milano-Roma in treno?».

«Da due mesi. Mio padre è ricoverato in clinica. Ma posso sapere?».

«Certo. C'è stato un morto in carrozza 2 in seguito a un furto».

Nonostante il barbone, Rocco notò l'uomo impallidire. «Un morto? Oh mio...».

«Già. Mi scusi per il disturbo» disse Rocco e salutò. «Faccio il mio lavoro».

«Si figuri... scusi lei se sono stato un po' scortese. Non è un bel periodo».

«Non si preoccupi». Rocco strinse la mano all'uomo, poi prese il cellulare. «Alberto? Sei sempre lì?».

«E dove vuoi che vada? Manco ci si può gettare in corsa!».

«Mi devi togliere una curiosità. Vai alla carrozza 7, al posto 18B, hai segnato?».

«Non sono rincoglionito».

«Sì ma portati un foglietto. C'è uno, trent'anni, brizzolato, sta al computer. Dovresti leggere quello che ha scritto sul monitor e poi riportarmelo. Me lo fai il favore?».

«E certo...».

«Bene. Ci vediamo poi all'inizio della carrozza 8. Grazie».

«Oh, comunque è l'ultima volta che viaggio con te!» e chiuse la comunicazione.

Attendevano Fumagalli davanti alla toilette della carrozza 8. Rocco pareva un cane da caccia. Annusava tenendo il naso in alto. «Mela... pure qui puzza di mela».

«Lo so, è il disinfettante che usiamo» rispose il capotreno. «Non le piace?».

«Mi fa schifo. Lo usate solo nei bagni, vero?».

«Sì».

«Sulla moquette?».

«No. Lì si usano altri prodotti. Ma perché tutte queste domande?».

«Perché gli odori sono importanti, sa? E poi non abbiamo un cazzo da fare, inganniamo il tempo».

La porta si aprì e vomitò Fumagalli. «O bimbino, allora ci ho messo un'ora a capire. C'era scritto...» mise la mano in tasca e tirò fuori un appunto. «Dunque: Esistenza di relazione negativa con il livello di disclosure. È una teoria economica secondo la quale...».

«Stop! Non me ne frega niente, Alberto».

«È che ti volevo dare un saggio della mia infinita cultura che spazia dalla medicina alle scienze umanistiche per approdare infine a quelle...».

«Insomma, sta sempre sulla stessa pagina il ragazzo. E dimmi una cosa, era impegnato nella lettura di questo argomento oppure lavorava? Intendo, scriveva col computer?».

«No no, scriveva, ma ti dico la verità, non cambiava mai la pagina del monitor. Sempre dei diagrammi e quella scritta».

Rocco sorrise. «È chiaro, finge. Da dietro il sedile non ci si arriva. Serviva una mano».

Alberto lo guardò stranito: «Stento a capirti».

«Lascia stare, tu spazia dalla medicina alle scienze umanistiche, queste sono cose mie, da volgare poliziotto che s'è già rotto i coglioni e che manco un viaggio Milano-Roma in pace può fare senza lavora'!». Rocco riprese la strada verso la prima classe. «Torniamocene alla carrozza 2. Stacci a distanza, Alberto, meglio che la raganella non ti veda con noi...».

«La raganella?».

«Ora mi dica, Muslera», Rocco, gli agenti, il capotreno e Alberto erano seduti di nuovo nella carrozza 2 della prima classe, «quali altre coincidenze ci sono fra questo treno e quelli degli altri due furti?».

«Nessuna. Il macchinista non è lo stesso, e poi non lasciano mai il posto di guida. Anche gli altri due Frecciarossa erano dei Milano-Roma senza fermate intermedie. Ma a parte i lavoratori, Luigi, quello del bar di Caserta che non ha voluto incontrare e il controllore... a proposito, lo faccio chiamare?».

«Non c'è bisogno».

«Be'» riprese Muslera, «a parte questo non ci sono altre coincidenze».

Rocco si mise a guardare fuori dal finestrino. «Ogni quanti viaggi i treni vengono puliti?».

«In che senso? Sempre!» rispose il capotreno.

«No, io dico, i bagni, il bar...».

«Ci sono dei turni».

«A questo quando tocca?».

Muslera guardò Rocco. «Perché lo chiede?».

«Perché lo devo sapere. Io credo che dopo la corsa questo treno vada a fare le pulizie».

«Mi vado a informare». Muslera si alzò dal posto. Rocco si concentrò sugli agenti della Polfer. «State a sentire. Appena a Roma tu» e indicò quello più anziano, «ti metti dietro a Francesco Storti, quello del computer. Quando arriva in testa al treno lo fermi e lo porti in commissariato, ma mi raccomando, solo quando è arrivato in testa al treno». Il poliziotto annuì.

«È lui il ladro?» chiese Fumagalli.

«Non è solo. Ecco perché non dobbiamo farci vedere quando lo fermiamo. Invece tu» e Rocco indicò l'altro agente, «te ne stai qui con noi sul treno».

«Ricevuto».

Il capotreno ritornò leggendo un foglietto. «Ci ha preso, commissario...».

«Vicequestore. Sono vicequestore».

«Mi scusi. Ci ha preso in pieno. Il treno è diretto al piazzale per le pulizie».

Rocco sorrise soddisfatto. «Allora, agente, una volta portato Storti in ufficio, vieni con un po' di uomini al piazzale delle pulizie. Lo sai dov'è?».

«Dopo i binari est, no?».

«Bravo. Agli scambi» confermò Muslera.

«Sì, ma io non ho capito chi è il complice» chiese Fumagalli, che ci aveva pensato su, ma era evidente non fosse arrivato a nessuna conclusione.

«I complici. Uno ancora non lo abbiamo conosciuto, l'altro è uno che puzza di mela».

Il treno fermò la sua corsa alla Stazione Termini. I passeggeri cominciarono a scendere. Rocco e Alberto osservavano le persone affrettarsi coi loro bagagli verso l'uscita. Un'ambulanza avanzava lenta sul marciapiede. Stavano venendo a prendere la povera donna. Il figlio si era alzato e aspettava sulla porta. La raganella, al secolo Francesco Storti, passò rapido sotto i finestrini. Parlava al cellulare, Rocco immaginava con chi. «Bene» fece il vicequestore al capotreno che era in piedi vicino al cadavere. «Noi andiamo nella cabina del primo vagone. Ci chiudiamo dentro. Nessuno deve sapere che siamo qui».

«Va bene, dottore. Ci vediamo in stazione?».

«Ci vediamo in stazione...». Fece un cenno ad Alberto e all'agente e insieme si avviarono per andarsi a chiudere nel piccolo scompartimento del capotreno.

«E che facciamo?».

«Aspettiamo, Alberto».

«Ma io vorrei scendere. Andare in albergo, farmi una doccia...».

«No, stai con me».

«Che palle. Te l'ho già detto che è l'ultima volta che viaggio con te?».

«Sì, me l'hai già detto».

Passò più di mezz'ora, poi il treno, svuotato dei passeggeri, lento si mosse lasciando il marciapiede della stazione. Rocco riconobbe le case di San Lorenzo, poi il treno si spostò verso il muro della stazione lasciando liberi i binari per i treni in arrivo. Ci furono due scambi che rumorosi fecero curvare il convoglio verso sinistra. Dal finestrino Rocco poteva scorgere la destinazione: un binario solitario stretto da due banchine lunghe sulle quali c'erano due uomini in attesa. Alle loro spalle un furgoncino simile a un muletto elettrico con due grosse cisterne. «Andiamo...» disse ad Alberto e all'agente. I tre uomini si alzarono e controllando che non ci fosse nessuno si avvicinarono alla porta della carrozza numero 2. Il treno si fermò. Le porte furono sbloccate e il macchinista uscì dalla cabina. Con una strizzatina d'occhio salutò Rocco, poi scese dal treno sul marciapiede. «Cosa aspettiamo?» chiese l'anatomopatologo.

«Verranno alla carrozza 2».

«Perché?» fece l'agente.

«Perché il bagno è guasto».

Fumagalli finalmente sorrise. Aveva capito.

Stavano infilando i tubi di aspirazione dello svuota reflui nel condotto principale del bagno chimico. Lontano, in coda al treno altri tre uomini erano impegnati nella stessa operazione. Il motore diesel del rimorchio partì e la pompa cominciò ad aspirare.

«Com'è che svuotate i liquidi di un bagno guasto?». I due uomini si voltarono di scatto. Luigi, l'addetto alle pulizie, e un omone che manovrava la pompa sbiancarono alla vista di Rocco Schiavone accompagnato da un agente di polizia e da un terzo uomo. «Come?».

«Luigi, perché svuoti un bagno che non è stato praticamente usato?».

L'omone alla pompa mollò il tubo e si mise a correre in mezzo al pietrisco dei binari. Ma non andò lontano. Sei agenti della stazione di Roma Termini, accompagnati dal poliziotto anziano della Polfer, l'avevano già circondato. Luigi invece era rimasto vicino al trabiccolo. «Ti dispiace spegnere il motore, Luigi?».

Il ragazzo eseguì. Poi abbassò la testa. «Dove lo svuotavi?» gli chiese Rocco.

«Al magazzino, giù...».

Poi Rocco si avvicinò al ragazzo. «Brutto testa di cazzo, lo sai che hai combinato, sì?».

«Io non credevo che...».

«'Sto cazzo!» gli mollò uno schiaffo a piena mano che fece sobbalzare l'agente giovane lì accanto. «È morta, lo sai? Morta, lo capisci coglione?». Poi si voltò verso Alberto Fumagalli che era rimasto lì a guardare la scena senza sapere se intervenire o meno. «Andiamocene, Alberto. Portate via 'sta monnezza» e non si stava riferendo ai liquami dei bagni chimici. «Ricordatevi di recuperare la refurtiva dal bidone».

Rocco e Alberto riuscirono a passare sopra il pietrisco e a guadagnare finalmente il marciapiede che li avrebbe ricondotti alla stazione. «Bravo» fu la prima cosa che disse l'anatomopatologo.

«È la prima volta che mi fai i complimenti, Alberto».

«Ero ironico, imbecille. Te se non alzi le mani non sei contento, ma quello del computer che c'entra?».

«Il complice. Vedi, i preziosi li ha rubati Luigi, dalla poltrona dietro all'anziana. Ma da lì non si arriva fino in fondo. C'era bisogno di una spintarella al beauty case, e quella l'ha data il nostro amico col notebook. Ha seguito la donna, si è seduto davanti e hanno agito. Lui non doveva essere in prima classe, altrimenti mi spieghi perché al capotreno Francesco Storti risultava prenotato alla carrozza 7 posto 18B?».

«Già, non ci avevo pensato».

«Questo è il motivo che fa di te un medico e di me un poliziotto. La refurtiva probabile l'avesse quel Luigi, poi l'ha scaricata nel water. E visto il complice qui alla stazione sulla piattaforma delle pulizie finali, era una pratica già oliata. Rubano, buttano in un bagno, ci mettono la scritta fuori uso, così non entrerà nessuno, e arrivati alla stazione recuperano la refurtiva».

«Sono in tre?».

«Già. Uno che si mischia ai viaggiatori e sceglie la vittima, il braccio che ruba e alla fine i pulitori. Ora io me ne vado a casa che ho la riunione condominiale. E la sai una cosa? Era meglio se restavo ad Aosta per la festa della polizia».

«Ci vediamo. Se hai bisogno di me chiama».

«E che bisogno potrei avere?».

«Lo sai che la riunione condominiale è il posto dove gli esseri umani danno il peggio? Non mi stupirebbe se ci scappasse il morto».

«Vatti a sentire il concerto e statti bene».

Si separarono. Rocco si diresse verso l'ufficio di polizia della stazione e si accorse che quella storia schifosa gli aveva tolto il piacere di essere tornato nella sua città, anche se per una riunione condominiale, anche se solo per una mezza giornata. Avrebbe messo in conto pure questo a Luigi e company, aver trasformato un ottavo livello di rottura di coglioni in un decimo livello pieno con tanto di morto e di carte da riempire.

«Allora, sono presenti i signori Salmassi, i signori De Luca, la signora Caprini vedova Ardenzi, il signor Guido Torre, il dottor Schiavone, la famiglia Di Biase, il dottor Capuano notaio... allora i millesimi e li ho qui insieme alle deleghe dei signori...».

Rocco era seduto in fondo alla sala delle riunioni, una stanza sotterranea che fungeva da cantina condominiale e che più di una volta Guido Torre, l'ex infermiere detto il merda, aveva provato ad accaparrarsi, come aveva fatto con l'appartamento che abitava, ma la cocciutaggine e la perspicacia della vedova Ardenzi gliel'avevano impedito. Guardava gli abitanti del suo palazzo come esseri venuti da mondi lontani, da dimensioni parallele, da altre galassie. Non gliene fregava niente di dovere spendere 50.000 euro, e nemmeno che l'amministratore condominiale sicuramente ci avrebbe fatto la cresta chiamando una ditta di amici suoi. Aveva bisogno di farsi un giro per Roma, ora che il sole era ancora alto. Andare a Trastevere, prendersi una birra, guardare il cielo e osservare come i gabbiani contendevano piazze e strade a piccioni e cornacchie. Voleva stare seduto a guardare le donne, i bambini che giocavano con le bici, ascoltare le campane che suonavano, comprare accendini e calzini dagli africani, fumarsi una sigaretta, chiamare i suoi amici, organizzare una serata decente, farsi due chiacchiere con Marina in mezzo alla plastica dei mobili. Si alzò di scatto. «Senta, signor amministratore, la interrompo un momento».

«Dica» fece quello levandosi gli occhiali per guardarlo.

«Lascio la riunione, non me ne frega niente dei rifacimenti, anche se costosi, incarico Guido Torre di rappresentarmi...».

«Perché io?» chiese il merda che sospettava di tutto.

«Perché lei è tirchio, furbo e ci sa fare. Se è riuscito ad accaparrarsi una casa, sicuramente saprà difendere i suoi interessi».

L'uomo si alzò in piedi di scatto ma Rocco lo prevenne. «Guardi che le sto facendo un complimento. Le chiedo solo una cosa, signor amministratore».

«Dica».

«Non vada oltre il 3 per cento. Altrimenti la vengo a cercare. Ci siamo capiti?».

«Il 3 per cento? E di cosa?» chiese quello sbiancando.

«Mi ha capito benissimo. I lavori costeranno sui 200.000 euro, diciamo che se si intasca più di 6.000 torno a cercarla. E guardi che lo faccio».

«Lei mi sta accusando?» l'amministratore scattò in piedi. «Ci sono i termini per una querela, sa?».

«Si accomodi pure. Poi vengo con la finanza a guardare le carte del suo studio. Le toccherà pagare le spese legali e pure ricostruirsi una vita perché se mi fa incazzare, dottor che non so manco come si chiama, io la vita gliela distruggo».

«Dice il vero» intervenne la vedova Ardenzi sorridendo sbarazzina al vicequestore. «Quindi caro dottor

Carotenuto le consiglio di soprassedere, riprendiamo la riunione condominiale, dovrà vedersela con me!» e sfiorandosi la collana di oro antico puntò gli occhi freddi e cattivi sull'amministratore che, spaventato, si rimise seduto.

«La stimo, signora Ardenzi» disse Rocco ricambiando il sorriso.

«Anche io, vicequestore. E come dice sempre lei, mi stia bene!».

Schiavone infilò la porta lasciando alle sue spalle riunione e bocche spalancate.

Si sentiva proprio un cesso chimico, aveva bisogno di un bidone svuota reflui che lo ripulisse da cima a fondo. Roma sarebbe servita allo scopo.

L'eremita

Un brivido lungo la schiena, le tempie prese a martellate, la stanza che girava da destra a sinistra e da sinistra a destra, le articolazioni doloranti che scricchiolavano arrugginite. I sintomi parlavano chiaro. Da tre giorni la sentiva arrivare, aveva poco appetito e il naso continuava a tapparsi all'improvviso nonostante l'aria decembrina fosse secca.

Era la febbre.

Aprì il cassetto, guardò gli spinelli già confezionati. Non ne aveva voglia, e neanche di fumare una sigaretta. Lo richiuse. Quello di cui aveva bisogno era un termometro. Si alzò dalla sedia mentre Lupa brontolava acciambellata sul divanetto di pelle. Spalancò la porta e si affacciò nel corridoio. «C'è qualcuno?» gridò. A Natale mancava una manciata di giorni. Antonio e Deruta se n'erano andati in licenza. Della sua squadra restavano Italo, Casella e D'Intino, che sembrava non avesse neanche parenti con cui festeggiare.

«Dica» si affacciò Casella con lo sguardo annoiato e stanco.

«Case', per caso hai un termometro?».

«No, ma sicuro che la Gambino giù alla scientifica

ce l'ha. Aspetti, vado a prenderlo» girò i tacchi e si incamminò verso le scale. Rocco rientrò nella stanza. Si strinse le braccia intorno al petto. Poi andò ad infilarsi il loden nonostante il riscaldamento del suo ufficio fosse al massimo, ma non percepì nessun miglioramento. C'era poco da coprirsi, il freddo era nelle ossa. Fuori dalla finestra il sole grigio era nascosto da nuvole gravide che opprimevano le cime dei monti. Lassù aveva già cominciato a nevicare da un paio di giorni. Gioia per gli albergatori di Pila, Champoluc e Courmayeur che avrebbero avuto un Natale con la neve vera e non quella sparata sulle piste, angoscia per Rocco Schiavone che già vedeva le sue Clarks inzaccherate come stracci per il pavimento. Toccò il vetro. Era freddo. Decise di andare a prendere un caffè alla macchinetta, magari il calore di quella ciofeca avrebbe ristabilito un po' la temperatura. Controllò nelle tasche gli spiccioli tintinnanti e lasciò l'ufficio. Scese le scale per arrivare al distributore. Italo era lì davanti ad aspettare che il macchinario finisse di vomitare il liquido marrone cloaca nel bicchierino di plastica.

«Buongiorno Rocco» lo guardò. «Hai una brutta faccia».

«Bella la tua».

«Voglio dire, sei pallido. Ti senti bene?».

«No. Ho freddo nelle ossa, i denti battono e ogni dieci secondi una coltellata gelida mi colpisce dietro le scapole».

«Hai la febbre. Cosa vuoi, un tè?».

Rocco annuì. «Senti un po', io me ne vado a casa.

Tanto in ufficio calma piatta. Se succede qualcosa mi chiami».

«Dottore!» la voce di Casella risuonò alle sue spalle. Portava il termometro davanti al viso, come fosse una reliquia preziosa. «Ecco, la Gambino m'ha dato questo» e glielo porse. Era un'assicella di vetro con il mercurio nascosto in un'ampolla.

«Vecchio tipo... vabbè, grazie Casella» fece Rocco osservandolo.

«È veterinario» lo informò l'agente.

«Che vuoi dire?».

«Che è per uso rettale».

Rocco lo guardò un paio di secondi mentre Italo gli passava il bicchierino con il tè. «Dico, ma sei scemo? Io voglio un termometro normale!».

«Questo teneva la Gambino».

Rocco restituì l'attrezzo a Casella. «Tiè, usalo tu. Rettale, e che so' un setter?». Mandò giù disgustato un sorso amaro di tè al limone dal sapore chimico. «Non si può bere 'sta roba» gettò il bicchierino mezzo pieno nel cestino, poi si incamminò verso l'uscita. Casella e Italo restarono lì. «Ma davvero è un termometro veterinario?».

«La Gambino dice che sono i migliori».

Maddalena scese dal fuoristrada. L'ultimo tratto doveva farlo a piedi. A più di mille metri di altezza fioccava già dalla notte prima e ormai strade e sentieri si erano ricoperti di neve. Sperava che Donato avesse dato una pulita al vialetto di ingresso. Stringendo le due pentole e la busta con la verdura e le uova si avvicinò alla vecchia chiesetta sconsacrata che anni prima Donato aveva trasformato nella sua abitazione. Dal comignolo non usciva fumo. Le nuvole basse avvolgevano il bosco tutt'intorno e sul manto bianco uccelli mattutini e lepri notturne avevano lasciato le loro piccole orme. Aprì il cancelletto di legno che cigolò lasciando sul manto nevoso una piccola traccia semicircolare. Intorno alla chiesetta non c'erano impronte. Donato non usciva dalla sera prima, era evidente, ma la finestrella accanto alla porta d'ingresso era buia.

Strano, dorme ancora, pensò Maddalena, e decise che dopo avergli lasciato la spesa avrebbe anche acceso la stufa a legna. Comincia a farsi vecchio, si diceva scansandosi una ciocca di capelli bianchi fuoriuscita dal berretto di lana, e comincio a farmi vecchia anche io.

Bussò alla porta. Bussò ancora. Abbassò la maniglia e l'anta di legno screpolato si aprì. Dentro sembrava facesse più freddo di fuori. Fu investita dal fumo e dall'odore acre di bruciato. Per terra, vicino ai tre scalini che portavano al piccolo angolo cottura, il corpo di Donato.

«Madonna mia!» gridò Maddalena. Si lanciò sull'uomo steso a pancia in giù. Ma aveva già capito che Donato Brocherel era morto.

Il termometro digitale raccomandato dal farmacista emise tre «beep». Sulle istruzioni aveva letto che era opportuno concedere all'attrezzo qualche secondo di contatto in più con la cute. Lo sfilò e lesse sul display a cristalli liquidi. «37 e 3!» disse ad alta voce.

Aveva la febbre.

Tremando si infilò sotto le coperte. Stavolta s'era organizzato. Sul comodino una bottiglia di acqua, cellulare in carica, un pacco di fazzoletti, il telecomando del televisore e la scatola di Tachipirina 1000. Doveva solo bere e sudare, bere e sudare e la febbre sarebbe passata. Appena chiuse gli occhi per provare a dormire, l'inno alla gioia di Beethoven suonò. Aspettò un poco ma quello insisteva. Lo afferrò. Il numero era quello della questura.

«Chi è? Che c'è? Che è successo?».

«Sono Italo». La voce grave del suo agente non gli piacque affatto.

«No» disse Rocco. «Non voglio sapere. È martedì, ho la febbre e sto malissimo» e riattaccò.

Passò qualche secondo e il cellulare suonò di nuovo. Rispose e si mise in ascolto.

«In Valpelline, vicino a Ollomont» proseguì Italo come se la telefonata non fosse stata bruscamente interrotta.

Rocco scosse il capo. «Che vuol dire? Di che parli? Che è la Valpelline?».

«Una valle. Dobbiamo andare sopra i 1.400 metri».

«Sopra gli ottocento metri non è delitto» disse il vicequestore, «è il nuovo articolo del codice penale di Rocco Schiavone. Quindi non andiamo».

«Ma forse non lo è per davvero. Magari si tratta di morte naturale».

«Ci vuoi scommettere diecimila euro contro cinque che morte naturale non è?».

«Donato Brocherel ha passato da un pezzo la settantina...».

«E allora? No, non vengo. Lassù nevica e mi becco la broncopolmonite. Vai tu e mi ragguagli».

«Vado io?».

«Vai tu. Portati Casella. Quando arrivi, prima di entrare, prima di fare qualsiasi cosa mi chiami e mi racconti tutto quello che vedi».

«Tutto?».

«Tutto».

Decise di prepararsi un tè bollente. Una rottura di coglioni del decimo livello fra capo e collo tremante di febbre e senza energie era un'infamia. L'ennesimo colpo dell'avversa fortuna che sembrava divertirsi con lui. Approfittò per dare la pappa a Lupa, poi con la teiera piena e fumante si sistemò sul letto, controllò che la batteria del cellulare fosse carica e attese.

«Rocco, sono io...».

«Vai, raccontami».

Sentiva i passi dell'agente soffocati nella neve.

«Allora siamo saliti io e Casella. Deruta è già arrivato e sta qui, davanti al cancelletto d'ingresso. Nevica e fa freddo» Italo aveva il respiro affannato.

«Chissenefrega del meteo, Italo. Dimmi quello che vedi».

«La casa è una vecchia chiesetta, una specie di cappella, fatta coi muri a secco e ha un giardino recintato con una palizzata di legno che ha perso colore».

«Bene, così, ti sento ispirato. Ora prima di avvicinarti alla casetta, dimmi cosa vedi».

«C'è un piccolo rialzo sul tetto che una volta forse era il campanile e il comignolo non fuma».

«Poi?».

«Poi ci sono delle tracce sulla neve che portano alla chiesetta. Una sola persona, direi. Mi sa che è la donna che ha trovato il cadavere».

Rocco si attaccò alla bottiglia di acqua. «Come si chiama?».

«Chi, la donna?».

«No, tu nonno».

«Maddalena Trochein. Ora è tornata a casa sua, un chilometro più a valle».

«Guarda bene se intorno alla casa ci sono tracce».

«No, niente. Neve candida. Qui ha cominciato a venire giù ieri sera».

«Bene, vai avanti. Fatti seguire da Deruta e Casella, che mettano i piedi dove più o meno li metti tu, mi raccomando fila longobarda. Allora, dimmi un po'?».

Italo tossì. «Ti dico che dovrei smettere di fumare e ricominciare a fare sport... allora, la porta d'ingresso, piccola, di legno vecchio grigio. Una finestrella a destra. Stiamo entrando».

«No, i due lasciali fuori».

Rocco sentì Italo impartire l'ordine ai colleghi. «Ecco, entro».

«Prima cosa: che odore c'è?».

Italo tossì ancora. «Bruciato. E c'è fumo».

«Dov'è il corpo?».

«Qui... a terra. La testa è... senti, ti posso passare Casella? Mi viene da vomitare».

«Ma porca...». Rocco posò la bottiglia sul comodino. S'era dimenticato che l'agente Pierron poco sopportava cadaveri e autopsie. «E passami Casella».

Sentì un tramestio, la porta riaprirsi, poi la voce di Casella. «Dotto', eccomi, sono entrato io. Puzza di fumo e di bruciato».

«Dimmi che vedi».

«A terra c'è il corpo di un uomo. Ha sangue sulla fronte e ce n'è pure sul pavimento. Ha battuto il cranio su uno scalino, è chiaro. Mi sa che è in pigiama, ha i mutandoni di lana e una maglietta a maniche lunghe».

«Dimmi com'è la casa...».

Casella si prese tempo. La stava osservando. «Allora dotto', vado con la descrizione?».

«Vai pure».

«Io però non sono molto bravo... vabbè ci provo». Rocco sentì che quello si schiariva la voce, neanche avesse dovuto parlare davanti a una platea di 100 persone. «È piccola, tutta in una stanza, diciamo un 25 metri quadrati, e tiene due finestre, una vicino al letto, a sinistra dell'entrata, e una accanto alla porta di casa. Allora, le pareti sono bianche, però grigie ormai e ci sono le travi sopra il soffitto che è basso e di legno e mattoni. Sulla parete di sinistra per chi entra c'è il letto, sulla parete davanti alla porta solo una vecchia poltrona, sull'altra parete, diciamo a destra dell'entrata, invece una specie di cucina. Parto dal letto, che è singolo e sopra ci sta una coperta colorata a strisce. Vuole sapere i colori?».

«Frega un cazzo. Prosegui». Rocco stava ad occhi chiusi, lentamente la stanza cominciava a prendere una forma. La bocca era secca e un sacco di stelline viaggiavano nel buio delle palpebre.

Casella proseguì nella descrizione. «Vicino al letto ecco la stufa a legna nera» sentì un rumore di ferraglie. «Tiepida ma mezza rotta».

«Ti sei messo i guanti prima di toccarla?».

«No. Li tenevo già…».

«Bravo Casella. Almeno l'inverno serve a qualcosa».

«A cosa, dotto'?».

«Che non lasciate impronte delle vostre manacce luride dappertutto».

«Vabbè, ma mica è detto che ci sta l'omicidio di mezzo…».

«Zitto Casella e vai avanti. Allora, la stufa?».

«È spenta , un po' di brace dentro… al centro della stanza ci sta un tavolino, piccolo, con due sedie. Sul tavolo un cucchiaino da caffè. Le sedie sono spagliate. Per terra il pavimento è di pietra nera. Supero il tavolino e vado dall'altra parte della stanza, che poi gliel'ho detto, è tutta la casa. E ci sta la cucina. Qui vicino c'è…» e abbassò la voce «c'è il corpo di Donato… Allora è fatta così: un lavandino di pietra, vecchio, e due… come si chiamano quei cosi tondi che ci si accende il fuoco per cucinare?».

«Fuochi» rispose Rocco.

«Ecco, ci stanno due fuochi appoggiati su un piano di…»

boh... mi pare di legno... ci stanno due bicchieri, una padella, uno scolapiatti e una bottiglia di vino però vuota».

«Marca?».

«Amarone».

«Ah però, vive come un eremita ma sul vino non lesina. Va bene, Casella, il cesso?».

«Ecco, sul muro con la cucina c'è una porticina bassa che uno si deve piegare... la apro... porca puttana!» gridò l'agente

«Che c'è?».

«Niente dotto', ho dato una capocciata allo stipite. Sì, dentro ci sta un bagnetto piccolo piccolo. Non c'è la doccia e manco la vasca, però la tazza sì e il lavandino pure con sopra un pezzo di specchio. Una specie di mensola attaccata col fil di ferro, un barattolo da caffè vecchio con dentro uno spazzolino e un dentifricio, vuole sapere la marca?».

«Torna al letto con la coperta a strisce, Casella».

«Vuole sapere i colori allora?».

«No, torna lì, deficiente, e prosegui la descrizione!».

«Vado».

Rocco carezzava Lupa. Richiuse gli occhi. La testa riprese a girare. «Mamma mia la febbre...» mormorò. «Allora che vedi?».

«Dunque, vicino al letto ci stanno due cassette di frutta, ha presente quelle di compensato? Dentro ci tiene i libri. Uh... guarda che belluccio».

«Che è?».

«Sopra il letto ci sta una trave di legno che regge il soffitto, no? piena di ex voto. Lo sa che sono gli ex voto?».

«Certo che lo so».

«Bellini, tutti d'argento, sembrano stelle».

«E siamo pure poeti. Mo' dimmi che altro vedi?».

«Allora, vedo delle fotografie attaccate alla parete con le puntine da disegno. Questo è lui sicuro, più giovane. Questa l'ha presa a Carnevale, mi sa».

«Perché dici così?».

«È vestito da prete. Ma è una foto vecchia».

«Da prete?».

«Sì, tiene il coso... il colletto bianco di plastica, la giacca e i pantaloni neri, sta vicino a una ragazzina vestita da gatto. Ecco perché dico che è Carnevale».

«Noti altro, Case'? Guarda bene...».

«Altra foto... vecchia pure questa. Sta in piedi con un vescovo? un arciprete? Boh... tiene in mano un bel quadruccio con una madonna...».

«Poi?».

«Ce n'è una con la torta, l'hanno scattata qui mi sa. E sì, questo è il letto, la stanza, sì, scattata proprio qui. Lui soffia sulle candeline. Un po' di gente seduta qui e lì... poi ce n'è una dove spacca la legna fuori in giardino».

«Altro?».

Ci fu una pausa. Rocco sentiva solo il fruscio degli abiti e il respiro affannato del poliziotto. «No, niente di strano...».

«Avete chiamato Fumagalli?».

«Sì, ci ha pensato Curcio dalla questura...».

«Chi cazzo è Curcio?».

«Dotto', è un agente. Quello coi capelli bianchi. Vabbè, tanto lei i nomi non se li impara».

«Ma sticazzi di Curcio. Ora, Casella, sentimi bene, fai foto a tutta la stanza col cellulare, a tutte le cose che mi hai detto. Non lasciare fuori uno spillo, sei in grado?».

«Certo, dotto'».

«Bravo. Stacca le fotografie che hai visto alla parete e me le porti. Poi andate da questa Maddalena che ha trovato il cadavere. Dove abita?».

«Un chilometro più giù, ci vado con Italo?».

«Sì, e lascia Deruta lì ad aspettare Fumagalli».

«Dotto', secondo me è un incidente» disse Casella. «Chi ha interesse a fare fuori un vecchio poveraccio come questo qui?».

«Tutti i torti non ce li hai, Case'... e a dirti la verità, lo spero pure io» e chiuse la telefonata. La testa continuava a girare. Decise che era il caso di misurarsi la febbre. Sapeva che verso mezzogiorno tende a salire. Dopo neanche un minuto il termometro si mise a suonare. 37 e 3. Stabile, ma sempre febbre era. «Che dolore...» mormorò toccandosi le gambe. «Lupa mia, la febbre è un ottavo livello pieno, te lo dico io...». Il cane sbadigliò annoiato.

«Dottore, sono Italo, con Casella siamo a casa di Maddalena Trochein, vuole che le descriva la casa?».

«Mettimi in vivavoce» rispose annoiato Schiavone. «Signora? Mi sente? Sono il vicequestore... lei ha trovato il corpo?».

«Gli... portavo da mangiare due volte a settimana». Maddalena aveva una voce sottile, incrinata. Rocco la immaginò magra e coi capelli bianchi e un fazzoletto in mano. «Donato non faceva la spesa, non usciva mai se non per curare il giardino l'estate e spazzare la neve o fare la legna d'inverno».

Rocco aveva la sensazione di avere mani e piedi gonfi e le guance che gli bruciavano come se qualcuno l'avesse preso a schiaffi per un quarto d'ora. «Da quanto abitava qui Donato?».

«Quattordici anni ormai» e sentì Maddalena tirare su col naso per poi soffiarselo col fazzoletto.

«Senta, è nato qui? Era di queste parti?».

«Sì. A Ollomont. Ma c'è tornato quattordici anni fa, aveva 61 anni».

«Non aveva una famiglia, dei figli?».

«No. Donato era un prete» rispose Maddalena. «La sua parrocchia era a Santhià. Quattordici anni fa s'è tolto gli abiti ed è tornato qui».

«In una chiesetta sconsacrata. Be', coerente almeno» disse Rocco mentre Lupa dava segni evidenti di aver bisogno di una passeggiata. «Quindi non aveva nessuno?».

«No, a parte me e mio marito quando viene a casa. Ora è a Torino. Dovrebbe rientrare dopodomani».

«Aveva rinunciato ai voti» fece pensieroso Rocco. «Crisi?».

«E chi lo sa?» rispose Maddalena. «Non me ne ha mai parlato, Donato era un uomo misterioso, ma in tutti questi anni ho capito che qualcosa è andato storto».

«Cosa può andare storto nella vita di un prete?» intervenne Italo.

«Tante cose» rispose Rocco, «mica è vero che i preti non hanno pensieri, Italo. Dico bene, signora? Qualcuno ce li ha eccome. Senta Maddalena, forse Donato è morto per un incidente domestico, forse no... mi dica se giù al paese vedeva qualcuno».

«No, gliel'ho detto, nessuno... lei crede non si tratti di un incidente?» la voce della donna era calata di un paio di toni.

«Non lo so, signora Trochein, ma ho un brutto presentimento. Ora mi dica, lei sa a che ora andava a letto Donato?».

La donna si prese una pausa. «Mai più tardi delle nove. Si alzava sempre molto presto...».

«Case', tu il cadavere l'hai visto?».

«Sì...».

«Allora, ricordami, secondo te era in pigiama?».

«Gliel'ho detto prima. Addosso ha un paio di mutandoni di lana e una maglietta bianca a maniche lunghe».

«Perché dice che non è un incidente?» chiese la donna

«Non le posso rispondere. Fa parte del mio lavoro, dettagli brutti sporchi e sinistri che ai poliziotti non piace condividere con chi non è del ramo... per ora è tutto. Lei è stata gentilissima».

Aveva chiamato Gabriele che gentilmente per soli 5 euro s'era offerto di portare in giro Lupa per una mezz'oretta. Calcolando tre uscite giornaliere quella febbre che sentiva mordere il midollo osseo rischiava di costargli un capitale. Guardò tutte le foto che Casella gli aveva mandato. La casa sembrava in ordine. Sul ripiano di legno che fungeva da cucina c'erano due bicchieri, una padella e qualche posata su un vecchio scolapiatti di metallo. Una attirò la sua attenzione. Sulla parete sopra il letto era evidente l'ombra chiara lasciata da un quadro o una fotografia.

Fu solo nel pomeriggio inoltrato che l'anatomopatologo Alberto Fumagalli arrivò a casa sua. Rocco gli aprì la porta e si precipitò a letto.

«Tieni» disse Fumagalli gettando due libri fra le lenzuola «almeno ti fai una cultura...».

«Che roba è?».

«Belle storie di un tuo collega, ma sta in Sicilia e si gode il caldo, il mare e una cucina sopraffina».

Rocco guardò le copertine blu. Sorrise. Quel commissario lo conosceva. «Farei volentieri a cambio con lui. Solo dovrei imparare il siciliano».

«Lascia perdere, è camurrioso assai».

«Comunque li ho letti tutti e due».

«E tu rileggili, male non ti fa. Allora, quanto abbiamo di febbre?».

«Ho, non abbiamo. Io sto a letto, tu te ne vai in giro a comprare libri di Camilleri».

«Allora quanto hai?».

«37 e 3».

Il patologo scoppiò a ridere. «E la chiami febbre?».

«Perché, cos'è?».

«Lascia perdere, Rocco. Con 37 e 3 si va a lavorare!».

«Vacce te. Ora mi dici qualcosa?».

«Prima che mi dimentichi, queste sono le fotografie che l'agente Casella ha staccato dalle pareti della casetta...» si infilò la mano nel giaccone e le lasciò sul letto. «Veniamo a noi. Io dico che è morto a occhio e croce stanotte, non più tardi delle 23».

«È caduto sul gradino e s'è sfasciato la testa?».

«Così sembra».

Rocco si stiracchiò, fu percorso da un brivido e si portò la coperta fin sotto il mento. «Non ce la posso fare... sento freddo» allungò una mano e prese un fazzoletto di carta per soffiarsi il naso. «Allora» si stropicciò gli occhi come a scacciare una visione o una pagliuzza dentro l'iride. «Torniamo a noi, tu non credi sia morto per la caduta».

«No. Perché ho guardato la glottide ed era infiammata, fumo nella trachea e bronchi con la mucosa completamente corrosa, insomma, lasciatelo dire, il nostro se n'è andato per il fumo, e infatti nella casetta ce n'era ancora quando sono entrato».

«Mi stai dicendo che è caduto, è svenuto, poi la stufa lo ha ucciso?».

«Io dico di sì. Un incidente, secondo me. Ed è successo stanotte. La casa è piccola, ci ha messo poco a riempirsi di fumo».

Rocco guardava un punto fisso davanti a sé.

«Che hai?».

Ma Schiavone non rispose. Prese il cellulare e compose un numero. «Michela? Sono Rocco!».

«Sono qui alla chiesetta, minchia che freddo...» la voce del sostituto della scientifica riecheggiò nella stanza da letto. Rocco preferiva parlare con il vivavoce, sentiva nelle orecchie il battito di un martello continuo e spietato «... pazzesco... mica male l'idea di abitare in una chiesetta sconsacrata. Perché lo faceva? Da chi si nascondeva? Era inseguito?».

«Michela, non c'entrano niente Cia e Mossad. Era un ex prete, forse solo nostalgia. Hai analizzato la stufa?».

«Lo stiamo facendo».

«È vecchia?».

«A occhio qualche anno ce l'ha. Ma quello che fa schifo vero è il tubo di latta che porta fuori il fumo. Quello è malandato» si sentiva tramestare, segno evidente che gli agenti della scientifica stavano lavorando.

«Che portata ha la stufa?».

«Boh... e che ne so... aspetta... Ricci! Tu che te ne intendi, che portata ha la stufa?».

Una voce lontana rispose: «Una roba da 80 metri quadrati...».

«Hai sentito Rocco?».

«Ho sentito. Bella potente. Fuori ci sono impronte?».

«Solo nella stradina che porta a casa».

«Manda uno sul tetto».

«Perché?».

«Manda uno sul tetto e fammi chiamare quando è su» e Rocco chiuse la telefonata. Fumagalli lo guardava. «Mica ti capisco».

«Solo un'idea. Immagina la scena. Il nostro se ne va a letto. E magari carica la stufa al massimo per passare la notte. Verso le dieci si sveglia. La casa è piena di fumo. Inciampa, cade e sviene. Poi muore. Ora però una cosa non torna».

«Quale?».

Rocco gli lanciò il cellulare. «Vai a vedere le foto che mi ha mandato Casella. Guarda dove è caduto il cadavere».

«Lo so, io c'ero».

«E allora saprai che l'uomo non era diretto verso una delle due finestre, ma verso l'angolo cottura che finestre non ne ha».

«E con questo?».

«Con questo, se uno si sveglia con la casa invasa dal fumo la prima cosa che fa è provare ad aprire una finestra. In una casa di pochi metri quadrati dove il nostro ci vive da anni c'è poco da confondersi».

«E dove lo metti il fatto che era stordito? Frastornato? Anche una certa età?».

«Aggiungi che di sangue sullo scalino ce n'è poco...».

«E non vuol dire niente. La ferita non riporta una grande lacerazione».

«Sarà, ma controllare non costa nulla».

Rientrò Gabriele con Lupa portando l'aria fredda dell'esterno.

«Ha fatto due pipì e una cacca» disse il ragazzo gettando il guinzaglio sul tavolo dell'ingresso.

«Ottimo, figliolo. Stasera alle otto e mezza le fai fare un altro giro? Sempre per 5 euro?».

«D'accordo. Peccato che ha la febbre» gli disse. «Oggi mamma è a casa, così la poteva conoscere».

«E sarà per un'altra volta, Gabrie', potrei attaccarle il morbo tremendo che mi sta togliendo il respiro. Anzi statemi lontani, rischiate pure voi». Fumagalli con una smorfia guardò Gabriele che per poco non scoppiò a ridere. «Gabriele, fammi un favore. Ti do i soldi, vai a comprare le crocchette a Lupa. Quando vieni più tardi me le porti».

Il cellulare suonò.

«Schiavone, sono Gambino... senti, la cosa è strana».

«Ti sento la voce affannata, Michela».

«Sono sul tetto della chiesetta. Sono andata io che è meglio. Qui con la neve è un attimo e vado di sotto a testa in giù... allora, guardo il comignolo ed è tutto nero di fuliggine».

«Dov'è la cosa strana?» chiese Rocco sospirando.

«Sulla parte alta, lì fuliggine non ce n'è».

Rocco si grattò il mento: «Spiegati meglio».

«Per un tratto diciamo di una ventina di centimetri tutt'intorno al tubo si vede il metallo. Come se qualcuno l'avesse ripulita, capisci?».

«Chi ha interesse a togliere la fuliggine nella parte superiore di un comignolo?» fu Gabriele a chiederlo, e Rocco sgranò gli occhi, aggressivo.

«Chi c'è con te?» chiese Michela.

«Abbiamo un nuovo detective» fece il vicequestore guardando torvo il ragazzo. «Gabrie', fa' il favore. Se stai qui silenzio, altrimenti va' a casa». Gabriele abbassò la testa. «Michela, mi senti? Chi ha interesse a togliere la fuliggine solo nella parte superiore di un comignolo?».

«L'avevo detto prima io!» protestò Gabriele.

«Ti taglio la giugulare!» reagì Rocco.

«Infatti» intervenne Gambino, «chi ha interesse?» chiese mentre il vento entrava prepotente nella conversazione. «Come la vedi?».

«Male» fece Schiavone, «molto male...».

Passò una notte infernale. Dormì poche ore e in quei brevi lassi di tempo incubi taglienti e acuminati gli avevano tempestato il cervello. Salutò con gioia l'alba che arrivò pallida e smunta. Per prima cosa decise di cambiarsi la maglietta fradicia di sudore, poi si infilò il termometro e aspettò. Ancora 37 e 3. «Niente, sempre febbre!» disse. Barcollando andò a preparare la colazione e la pappa a Lupa. Aspettò una mezz'oretta, poi si infilò il loden. Mise il guinzaglio al cane, incastrò nel collare 5 euro e le chiavi del suo appartamento, uscì sul pianerottolo. Legò Lupa al pomello della porta del vicino, bussò e veloce rientrò in casa raccomandandosi col cane: «Fai la brava!». Quando sentì Gabriele aprire la porta e Lupa guaire di gioia, rassicurato se ne tornò a letto.

Scorreva le foto della chiesetta sconsacrata, ultima dimora di Donato Brocherel. Ormai si era convinto che la morte dell'ex prete non fosse dovuta a un incidente. Ma chi può avere interesse a fare fuori un vecchio sacerdote solitario, povero, che s'era separato dal mondo? Cosa poteva avere di così interessante e prezioso?

Rivolse quelle domande all'agente Italo Pierron che

era passato a prendere ordini e a portargli un po' di spesa. «Io non lo so, Rocco. Tu che cosa sospetti?».

«Niente, è da ieri sera che vago nel buio più totale. C'è questa che non mi convince» e passò il cellulare a Italo. Era una delle tante foto scattate da Casella. Inquadrava la parete dietro il letto dove una macchia chiara rettangolare segnalava che una volta lì doveva esserci un quadro, o una fotografia. «Come se avessero portato via qualcosa».

«Ma secondo te un poveraccio può possedere qualcosa di valore? E lo tiene peraltro in quella catapecchia?» fece Italo. «Se fosse stato un quadro se lo sarebbe venduto e ci avrebbe mangiato, no? Visto che neanche ha figli cui lasciare eredità».

«Hai ragione». Schiavone recuperò il telefonino. «E allora guarda questa, l'ha staccata Casella dalla parete...» allungò la foto a Italo. Ritraeva Donato Brocherel neanche cinquantenne accanto a un alto prelato. Sorridente, stringeva nelle mani un quadruccio di una Madonna col velo. «Sembra un bel dipinto» disse Italo. «Ma io di arte non ci capisco niente».

«Tu no, e forse neanche io. Però cosa fai ora?».

Italo lo guardò spiazzato. «Non lo so... sto seduto sul letto e parlo con te».

«Errore. Adesso prendi l'auto, te ne vai al Forte di Bard e vai a parlare con il professore Agenore Cocci. Tu ti starai domandando chi è...».

«Infatti!».

«È il sovrintendente. Di arte ne sa quanto basta. Fatti dare un parere. Ce la puoi fare?».

Italo annuì. Prese la fotografia, si alzò e lasciò la casa di Rocco.

Si misurò la febbre. Niente da fare, sempre 37 e 3. Quella maledetta influenza non mollava, un morso di un pitbull. Decise che la cosa migliore da fare era restare a letto a guardare il soffitto sperando che il sonno avesse la meglio. Un altro brivido di freddo gli consigliò di ritirarsi come una tartaruga sotto la coperta. Poi si addormentò.

«37 e 3 non è febbre» mi dice Marina. «Possibile che voialtri...».

«Chi sarebbero i voialtri?» le dico.

«Gli uomini. Appena avete due decimi fate testamento. E alzati, Rocco, su!».

Dà una manata sul letto. Ma io non ce la faccio neanche ad aprire gli occhi. Cos'è 'sta cosa pelosa? Ah, questa è Lupa, è salita sul letto. Cos'è sta cosa umida?... Ha le zampe bagnate. Che palle!

Aprì gli occhi. Marina non c'era e non stava toccando Lupa, ma le labbra di Gabriele che s'era accomodato sul letto accanto a lui. «Schifo!» urlò allontanando la mano dal viso del ragazzo che sorrideva. «Le ho riportato il cane. Sta di là sul divano. Vuole qualcosa da mangiare?».

«No. Te ne devi andare. Che ore sono?».

«Le due del pomeriggio. S'è fatto una bella dormita» e gli passò il cellulare. «Doveva essere stanco. Il suo telefono suonava da un pezzo. Mi sono permesso di guardare il numero. L'ha memorizzato con "rompicazzi". Che starebbe per...?».

Schiavone strappò il cellulare dalle mani di Gabriele. «Fatti miei» controllò. Rompicazzi aveva chiamato tre volte. Sbuffando rifece il numero. «Dottore, sono Schiavone».

«Ah, è da un pezzo che la cerco» rispose il questore. «L'agente Pierron è venuto da lei ma non gli ha aperto. Allora ha relazionato a me. Pare che lei ci abbia visto giusto».

«In che senso?».

«Agenore Cocci dice che quell'opera la conosce. Tanti anni fa Donato Brocherel la trovò nella chiesetta sconsacrata, che era di proprietà della famiglia. Venne un alto prelato dall'arcidiocesi, uscì un articolo sul giornale. Cocci la esaminò, è di Francesco Albani. Conosce?».

«Mai avuto il piacere».

«Facile, dal momento che è morto nel 1660. Anche se il pittore era più famoso per i suoi dipinti a tema mitologico, quel quadro sui 30.000 euro li vale. Ora, dal momento che lei se ne sta a casa...».

«Ho la febbre».

«... e non viene in ufficio» continuò Costa senza ascoltare l'obiezione del suo sottoposto, «ho mandato la Gambino a cercare quella piccola tela. Per ora niente. Secondo lei può essere la causa dell'omicidio? Perché mi pare di aver capito che lei l'incidente su a Ollomont lo considera tale».

«È una pista sulla quale lavoro».

«Da casa?».

«Da casa».

«Se è quella la causa del delitto, l'omicida avrà vita breve. Basta controllare i mercati dell'arte e lo becchiamo!».

«Non la faccia così semplice, dottor Costa. Non credo lo metterà all'asta».

«Schiavone, l'aspetto in ufficio».

Gabriele si era alzato ed era andato alla finestra. «S'è messo a piovere» disse con le mani dietro la schiena, «in alto starà nevicando» aggiunse triste. «Io odio la neve. Perché significa che ricomincia la stagione sciistica, e io odio sciare».

«E non ci andare».

«Da piccolo ero una speranza. Poi mi sono fracassato il ginocchio destro e i legamenti del sinistro ed è tutto finito. Mica mi dispiace, a mia madre sì, era lei che ci teneva. E allora ogni tanto il pomeriggio salgo a Pila. Più per farla contenta. Quante cose si fanno per far contenti gli altri». Si voltò: «Secondo lei è sbagliato?».

Rocco annuì. «A volte bisogna dire no. Soprattutto alle persone che amiamo. Se a noi non piace qualcosa o quel qualcosa ci costa troppo, dobbiamo avere la forza di dire no».

«Le andrebbe di fare questo discorso a mia madre?».

«No».

L'unica cosa che non quadrava era la complessità dell'omicidio per rubare un solo quadro. Una casa semiabbandonata, senza neanche una serratura, con den-

tro un vecchio debole e solo. Sarebbe bastato intrufo-
larsi di notte, oppure approfittare di quando stava nel
bosco a fare la legna, prelevare il quadro e andarsene
fischiettando. Ucciderlo soffocandolo con il fumo era
troppo. C'era qualcos'altro dietro la morte di Donato
Brocherel che non poteva essere un piccolo dipinto finito chissà come in quella chiesetta sconsacrata. Qualcosa che non riguardava il presente, di questo Rocco
se ne convinceva man mano che il pomeriggio avanzava e la luce diafana decembrina calava spegnendosi come una candela.

Qualcosa del passato.

Italo si era accomodato su una sedia accanto al letto con il portatile dell'ufficio agganciato al wi-fi di Gabriele. «Cercami il numero della parrocchia di San
Genesio, a Santhià» gli ordinò Rocco e l'agente impiegò
meno di trenta secondi.

«Vicequestore Schiavone... polizia di Aosta. Chi co-
manda da quelle parti?».

Ci fu un silenzio. «Cosa intende?» rispose una vocina delicata come carta velina.

«Chi è il sacerdote?».

«Sono io, padre Domenico. A cosa debbo?».

«Padre, sto indagando su un fatto sgradevole accaduto a Ollomont, qualche chilometro da Aosta. È coinvolto un sacerdote, mi correggo, un ex sacerdote che
una volta stava lì, a San Genesio. Lei conosceva Donato Brocherel?».

«Oh signore... padre Donato? Perché dice conosceva?».

«Purtroppo è morto in circostanze poco chiare».

«Povero Donato... povero Donato...».

«Dunque lo conosceva...».

«Sì, certo. Era un bravissimo sacerdote. I suoi sermoni, come posso dimenticarli? Carichi di umanità, di amore verso il prossimo. Pensi che tanti anni fa aveva organizzato un circolo per l'accoglienza dei poveri. Girava ogni sera per bar, trattorie, e si faceva regalare tutto il cibo avanzato per sfamare quei poveretti. Era un santo, guardi, un santo».

«Poi che successe?».

«Cosa intende?».

«Perché si tolse l'abito?».

Dall'altra parte calò un silenzio. Rocco sentiva solo il respiro del sacerdote. «Padre Domenico?».

«Sì?».

«Ha sentito la domanda?».

«Certo che l'ho sentita. Un fatto increscioso. Tanti anni fa padre Donato fu...».

«Fu?».

«Fu scomunicato latae sententiae».

«Sono passati tanti anni dai miei studi. Mi rinfresca?».

«La sede apostolica può scomunicare un prete latae sententiae per diversi casi. Profanazione dell'Ostia, procurare l'aborto...».

«Questo fece Donato?».

«No. Il suo fu un caso diverso. Ruppe il sigillo sacramentale».

«Capisco. Si ricorda quale fosse la faccenda?».

«No. Non ricordo. Accadde nel '99, ma io i particolari non li venni mai a sapere. Crede che...».

«Padre Domenico, non credo niente. Sto cercando di capire cosa sia accaduto. La posso disturbare nel caso?».

«Sono a sua disposizione» e chiuse la comunicazione.

Qualcosa nella voce del sacerdote non aveva convinto Rocco. Qualche tentennamento, un paio di sospiri, roba da poco, ma poggiando il cellulare sul comodino ebbe la sensazione che l'ecclesiastico gli avesse nascosto qualche dettaglio.

«Hai capito qualcosa?» gli chiese Italo, che aveva notato lo sguardo riflessivo e serio del suo superiore.

«Niente, hai sentito anche tu, no? Passami il termometro...» e allungò una mano. Italo si sporse verso l'altro comodino e glielo allungò. «Anche un prete di una parrocchia quando io facevo il catechismo fu scomunicato, lo sai?» gli disse.

«E perché?» chiese Rocco infilandosi il termometro sotto l'ascella.

«Sparì da un giorno all'altro. Papà era convinto lo avessero trasferito, ma si diceva in giro che aveva dovuto abbandonare l'abito. Pare che avesse dato l'assoluzione a uno che aveva un'amante. Non ti viene da ridere?».

«Cioè quello aveva confessato di mettere le corna alla moglie e il prete gli aveva dato l'assoluzione?».

«Così si diceva. Non si può, contro il sesto comandamento. Lo sai qual è?».

«Non mettere le corna a tua moglie?».

Italo sorrise. «Un po' più elegante, Rocco. Recita: non commettere adulterio».

«37 e 3, ho sempre 37 e 3. Ma come cazzo è possibile?» gridò cavandosi il termometro dall'ascella. «Non cala mai! Lo sapevo, d'altra parte ho i brividi e un sapore orribile in bocca».

«Fa' vedere!». Italo osservò l'oggetto. «Ma non lo scarichi?».

«Come?».

«Vedi il pulsantino qui? Lo devi premere. Vai a zero e poi lo rimetti. Ecco, prova adesso» glielo restituì. Rocco lo infilò di nuovo sotto il braccio e si mise in attesa. Bussarono.

«Vado io» e Italo scattò alla porta. Insieme all'aria fredda dell'esterno entrarono Fumagalli e Michela Gambino.

«Salve!» la donna era sorridente, si guardava intorno. «Bella casa...».

«Non credo che ce la faccio tutt'e due insieme» disse Rocco a mezza voce. Italo sorrise.

Fumagalli si sistemò ai piedi del letto. «E invece eccoci qui, al capezzale del moribondo a dargli l'estrema unzione. Agente Pierron, conoscendo la sua idiosincrasia con i corpi privi di vita, le consiglierei di allontanarsi da questa stanza».

«È vero» fece Italo. «Ma cercherò di resistere».

«Rocco, hai schermato porte e finestre?» chiese il sostituto della scientifica.

«No, Michela...».

«Spiarti sarebbe un giochetto» commentò Michela con un sorriso a mezza bocca.

«Allora Rocco, io e la bimba qui abbiamo notizie. Le vuoi sentire?».

«Non vedo l'ora, Alberto».

«Comincio io. Nel sangue ho trovato una bella quantità di sonnifero. Potentino, te lo dico. E vuoi sapere?».

«Nel fondo della bottiglia di vino sul tavolo ce n'era ancora» aggiunse la Gambino.

Il termometro si mise a suonare. Rocco lo osservò. 36 e 3.

«Quanto hai?» si informò Alberto.

«Cazzi miei. Sonnifero?».

«Flunitrazepam. Fluorofenil, metil...».

«Vabbè, ho capito. Bella notizia» fece Rocco poggiando il termometro sul comodino. «C'è altro?».

Il sostituto e il patologo si guardarono. «No. Mi sembrava però importante. Cominci a capirci qualcosa?» gli chiese Alberto.

«Io? Sì» e soddisfatto sorrise ai due.

«Ma c'entra quel quadro?» chiese Michela.

«No, secondo me quel quadro è solo un incidente di percorso».

«Vedi Michela?» Alberto si rivolse al sostituto della scientifica, «il nostro è un uomo misterioso, tiene per sé le informazioni. Affascinante, non trovi, il metodo di indagine, in pigiama direttamente dal letto di casa sua utilizzando solo la res cogitans».

«Dici? Secondo me non ci sta capendo una minchia» osservò Michela.

«Prego» disse Rocco indicando ai due la porta di casa. Italo, ormai calato nella parte del maggiordomo, con un inchino fece strada.

«Mi devi fare una ricerca».

L'agente Antonio Scipioni rientrato dalla breve licenza ascoltava a braccia conserte in piedi vicino alla finestra. Dal momento che alla terza prova il termometro aveva riportato sempre la stessa temperatura, 36 e 3, Rocco aveva deciso di abbandonare il letto e si era accomodato sul divano del salone con Lupa accoccolata accanto. Fuori pioveva che Dio la mandava.

«Che cosa serve?».

«Che mi vai a spulciare vecchi articoli...».

«Dove?».

«C'è un bisettimanale, la "Sesia" si chiama. Sta a Vercelli. Italo, trovato l'indirizzo?» chiese voltandosi verso Italo seduto al tavolo della cucina. Stava appoggiato a digitare sul computer. «Sì sì, trovato!».

«Anto', fatti un giro e cerca articoli tra il '98 e il '99 che riguardino Santhià».

«Ricevuto. Quanto tempo ho?».

«Quello che ti serve».

«Senti Rocco, un po' più preciso?».

«Non lo so neanche io. Concentrati sulla cronaca nera. E vedi se c'è qualcosa che riguarda Donato Brocherel».

«Il morto a Ollomont?».

«Esatto, o la curia, o la parrocchia di San Genesio. Guarda anche le notizie che ti sembrano strane, e portami il materiale». Antonio si alzò dalla sedia. «E tu come ti senti? La febbre?».

«Ora ho 36 e mezzo».

«È passata, allora puoi uscire».

«Lo dici tu. Esco con questa pioggia e posso avere una ricaduta...». Italo si avvicinò e consegnò il biglietto con l'indirizzo ad Antonio che lasciò l'appartamento.

«Tu Italo invece mi servi su a Ollomont».

«Che devo fare?».

«Domattina vai dalla signora Trochein. Vedi se sa niente di quel quadro. Poi recati come un sol uomo a casa di Donato. Cerca carte, appunti, qualsiasi cosa».

«Ci trovo sicuro gli uomini della scientifica».

«E tu mettiti i guanti di lattice, le soprascarpe e vai. La Gambino è strana ma non morde».

S'era messo a guardare un film di guerra dove un ciccione coi capelli impomatati a mani nude sconfiggeva centinaia di terroristi di uno stato arabo non meglio identificato. Non riuscì a sopportarlo più di venti minuti. Saltellava da canale a canale passando da un talk show politico a una trasmissione con dei quiz e infine trovò una partita della premier league inglese. Si addormentò al diciassettesimo del primo tempo.

La mattina dopo si sentiva molto meglio. Non aveva più i dolori alle articolazioni, spariti i colpi di mantice alle tempie, anche il respiro sembrava più profondo e libero. Decise che era il caso di salutare il nuovo stato di forma con una bella sigaretta dopo il caffè. Gabriele, per altri 5 euro, era sceso con Lupa, la pioggia aveva lasciato i marciapiedi lucenti come la pelle di una foca e le nuvole in alto correvano come rondini. Ogni tanto uno spicchio di sole si affacciava a illuminare la città. Sui negozi lampeggiavano le lampadine colorate e Babbi Natale con le slitte troneggiavano nelle vetrine. Gli avevano detto che valeva la pena visitare il mercato natalizio al teatro romano, ma Rocco odiava il Natale, i mercatini e soprattutto le canzoncine che risuonavano dai carillon augurando un bianco Natale o inneggiando ai suoni delle campanelle. Italo arrivò che erano le 10 del mattino passate. Lo trovò vestito e rasato che leggeva il giornale davanti a un tazzone di caffè fumante. L'agente invece era infreddolito. «Se ad Aosta si sta benone, lassù fa un freddo becco» e si tolse il giubbotto. «C'è un caffè pure per me?».

«Basta che te lo fai». Italo andò al lavello e cominciò ad armeggiare con la moka. «Allora, fra le carte del vecchio prete ho trovato delle lettere. Ma non sono lettere, sembrano appunti di pensieri. Ci sono citazioni della Bibbia, preghiere, io almeno quello ho capito. Scriveva pure in latino...».

«Me le hai portate?».

«Sì, ce l'ho nel giubbotto. È stata una guerra strapparle alla Gambino ma alla fine ce l'ho fatta. Poi sono stato dalla Trochein, le ho detto del quadro. Lei non si ricorda niente, dice che non l'ha mai visto o almeno non ci ha mai fatto caso» e mise la caffettiera sul fuoco. «Torni in questura?».

«Non oggi. È strano».

«Cosa?».

«Che non ci abbia fatto caso. Dico al quadro. Stava sopra il letto, appena entri in quella casetta è la prima cosa che vedi. Lei dice che da anni portava il cibo a Donato. Non ti sembra curioso?».

«Magari bussava, gli dava le cose e se ne andava».

Rocco mollò il giornale, si alzò e andò a prendere le fotografie che Casella aveva strappato dalle pareti della casa di Donato. «Guarda qui» e ne consegnò una a Italo. «La vedi? C'è quella che sta con una bambina vestita da gatto...».

«Sì. L'avrà presa a Carnevale».

«Mi auguro. Poi ce n'è una di lui fuori a spaccare la legna...».

«Sì...».

«Poi ce n'è una presa dentro casa sua. Vedi? C'è la torta, le candeline...».

«Il suo compleanno?».

«Chi è quella seduta sul letto accanto a un uomo brizzolato?».

«Quella è Maddalena Trochein».

«È lei? E cosa vedi sopra il letto?».

«Il quadro della Madonna...».

Rocco si riprese le fotografie. «T'esce il caffè». Italo si precipitò a spegnere il fuoco. «Che la tizia non abbia mai notato l'unico quadro di quella casetta, peraltro pure bello, non ci credo».

«Tu credi che...».

«Io non credo niente. Ora beviti 'sto caffè». Afferrò il telefono e chiamò Antonio. «Anto', hai novità?».

«Sto qui da stamattina presto. Guarda, per adesso ho trovato un po' di articoli interessanti di cronaca» si sentiva un lontano chiacchiericcio, qualcuno che digitava sul computer. «Tutta roba del 1998. Ora passo al '99. Mi sa che prima di stasera non ho finito».

«Va bene, Antonio. Ti aspetto a casa mia».

«Ancora la febbre?».

«Sì» mentì e riattaccò.

Prese le carte del prete. Italo aveva ragione, erano appunti, pensieri, sfoghi di un uomo solo.

Giovanni 1: 8. Se diciamo di essere senza peccato, inganniamo noi stessi, e la verità non è in noi.

Che cos'è il peccato? Giacomo 4: 17 dice: Colui dunque che sa fare il bene, e non lo fa, commette peccato. Ma cos'è il bene? Il bene è tacere? Il bene è rendere il male non punibile? Ma sempre Giovanni dice che il peccato è una violazione della legge. E io l'ho violata. L'ho violata a fin di bene. Io inseguivo il bene, e ho peccato. Ma basterebbe leggere Mosè 6: 57. Tutti gli uomini devono pentirsi. Perché siamo tutti peccatori. Ma non basta. Non basta... non basta...

Ecclesiaste, 7: 20. Non v'è sulla terra alcun uomo giusto che faccia il bene e non pecchi mai. E allora? È così grave, mio Signore? Da non abbracciarmi più?

...

Stamattina nevica, fiocca, e neanche i passerotti escono dai buchi degli alberi. Il vento è calato. Mi guardo allo specchio e sono vecchio ormai. Ma sono contento. Perché mi resta poco, io lo so. Devo ricordarmi di Maddalena.

...

Non potevo stare zitto. Non potevo. C'era un'innocente di mezzo. Io dovevo farlo. L'ho sempre saputo che sarei rimasto qui, da solo, ma aspetto perché il mio Signore lo sa, a Lui mi sono confessato, a Lui ho parlato, Lui lo sa.

...

E un altro giorno è andato, la sua musica ha finito, quanto tempo è ormai passato e passerà... che bella canzone. Mi pento di quello che ho fatto, non mi pento per tutto quello che è successo... era giusto così.

Rocco si stropicciò gli occhi. Era calata la sera. Quella grafia minuta, quella corsa dietro a pensieri sciolti di un uomo in profonda crisi lo aveva sfiancato. Antonio e le pizze arrivarono come un premio inaspettato e mai così gradito.

«Allora Rocco» e aprì una cartellina trasparente che si era portato dietro e depositò sul tavolo della cucina un plico di fotocopie. «Ecco qua. Questo è quello che ho trovato. Sono stati gentili e mi hanno aiutato». Rocco osservava in silenzio la pila di fogli e masticava la pizza ai quattro formaggi. Antonio si attaccò alla Ceres. «Io non lo so se basterà. Fattacci a Santhià ce ne sono stati veramente soltanto due. La morte in casa di una bambina che poi si rivelò un omicidio e una rapina in una villetta andata storta dove ci hanno lasciato la pelle due coniugi in pensione. Poi le solite storie di spaccio, un paio di furti in un caveau di una gioielleria, una fuga di gas che ha fatto saltare in aria un appartamento e il classico assessore trovato con le mani in pasta e arrestato dopo sei mesi».

«Me li guardo uno alla volta».

«Tu hai delle novità?».

«Niente. Al questore digli che siamo su una buona pista».

«E qual è?».

«E che cazzo ne so? Digli così... però 'sta pizza non è male».

Ci fece mattina con gli articoli prelevati dall'agente Scipioni dall'archivio del giornale. La rapina ai danni dei due pensionati la archiviò. Furono i carabinieri dopo sei mesi ad arrestare una coppia di banditi che avevano preso l'abitudine di fare visite notturne alle case isolate facili da depredare. Lo incuriosì il caso di Lalla Seppiè, la bambina di sette anni, trovata morta dalla madre per incidente domestico. Lo colpì la somiglianza con il caso Donato Brocherel. Perché anche la bimba fu trovata in salone con la testa fracassata, per colpa di una caduta sul tavolino di cristallo. Il guaio accadde nell'ottobre del 1997. Le indagini, almeno a quanto diceva il giornale, si fermarono subito. Poi sei mesi dopo, nell'aprile del 1998, venne arrestato il padre, Bernardo Seppiè. Ma nessun articolo spiegava la situazione. Solo che il tipo s'era beccato venti anni per omicidio. E per aver tentato di nasconderlo con un incidente domestico. L'unico nome che poteva sembrare un appiglio era quello del capitano dei carabinieri che compì l'arresto, Fulvio Cirinnà. Se non aveva commesso errori dopo 15 anni era almeno maggiore se non tenente colonnello. Doveva chiamare i cugini.

Ci aveva azzeccato. Fulvio Cirinnà era maggiore, e stava a Roma, al Senato. Strada ne aveva fatta, il capitano, e dopo qualche tentativo, alle dieci del mattino, la voce dell'ufficiale dell'arma squillò nel cellulare di Rocco.

«Mi dica dottor Schiavone, cosa posso fare per lei?».

«Le chiedo di andare indietro con la memoria... si tratta di un caso che lei risolse nel 1998, a Santhià».

«Dunque... dunque... mi faccia ricordare... si tratta dei furti a...».

«No, maggiore. Il caso della piccola Seppiè».

«Oh, sì, certo, come no. E chi se lo scorda? Arrestammo il padre, l'aveva fatta franca».

«Ecco, lei ricorda i dettagli? Come arrivaste al padre?».

«Certo che lo ricordo. A me la storia dell'incidente non aveva mai convinto. C'erano parecchie cose che non tornavano. Soprattutto non tornava il fatto che la bimba a quell'ora del giorno fosse sola a casa. Avrebbe dovuto essere col padre, che invece disse, mi pare, di essere stato chiamato d'urgenza in ufficio. Era un architetto, un libero professionista. Quando gli chiesi del perché non avesse portato con sé sua figlia, mi rispose che la madre sarebbe rientrata da Vercelli dopo neanche mezz'ora e che Lalla era una bimba sveglia che se la cavava benone da sola. Ma, vede, la piccola si era fracassata la testa su un tavolino di cristallo mandandolo in

237

mille pezzi. E non quadrava. Era cristallo temperato. Facemmo delle prove con uno simile, e per romperlo impiegammo ben tre martellate. In più nella ferita c'erano pochissime tracce di polvere di cristallo».

«Una messa in scena?» e in quel momento bussarono. Rocco si alzò e andò ad aprire, era Italo che si tolse il giubbotto e si mise seduto ad ascoltare.

«Ne fui convinto, ma l'alibi del padre reggeva. E non c'erano state effrazioni in casa. Poi arrivò una soffiata».

«Da chi lo ricorda?».

«Anonima. Che accusava Bernardo Seppiè e denunciava l'alibi dello stesso».

«In che senso?» chiese Rocco facendo il gesto a Italo di passargli una sigaretta. Quello sbuffando obbedì.

«Che la segretaria era la sua amante e lo aveva coperto».

«Maggiore, lei è stato utilissimo, la ringrazio».

«Mi dice perché le interessa questa storia?».

«Forse è legata a un fatto successo qui. Forse, ma non lo escludo».

«Allora le auguro in bocca al lupo, dottore».

«Lunga vita al lupo!». Rocco fece una boccata, poi schifato spense la sigaretta nel portacenere. «Che merda fumi, Italo! Allora, mi serve Baldi».

«Posso sapere cosa...».

«Non mi interrompere e vatte a compra' sigarette degne di questo nome!».

«Bernardo Seppiè, s'è fatto quattordici anni, gliene hanno abbonati cinque per buona condotta e legge

238

Gozzini, che ha scontato presso la casa circondariale di Viterbo. È uscito il... il...». Rocco sentì Baldi girare delle pagine. «Ecco qui. Il 30 novembre di quest'anno. Posso sapere perché?».

«Glielo dirò presto, dottor Baldi. Per ora la ringrazio».

«Schiavone, so che lei è a casa malato con un caso da risolvere».

«Lavoro lo stesso. Ho sfebbrato oggi. Presto sarò di nuovo in pista».

«Peccato» fece sconsolato Baldi e riattaccò.

Italo lo guardava in silenzio come fosse davanti a uno spettacolo teatrale. Braccia conserte, sorriso sulle labbra, sembrava godersela mentre Rocco richiamava alla memoria un numero di cellulare. «Dio benedica chi ha inventato il vivavoce» fece all'agente. «Padre Domenico? Sono Schiavone, questura di Aosta».

«Buongiorno dottore. Ha delle novità? Cosa posso fare per lei?» la vocina delicata del prelato rimbombava nell'appartamento di Rocco.

«Solo sapere se Bernardo Seppiè era un vostro parrocchiano».

Il prete prese un respiro profondo. «Quella brutta storia... sì, Bernardo frequentava questa chiesa. Perché me lo chiede?».

«Il motivo lo conosce, e se avesse parlato mi avrebbe risparmiato una notte di insonnia e di lavoro. Io capisco tutto, capisco la confessione, il segreto, il peccato, ma lei doveva darmi una mano, padre. E non l'ha fatto!».

«Non potevo. Lo sa cosa dice Giovanni?».

«No, non lo conosco e sinceramente non me ne frega niente» e chiuse la comunicazione. «È fatta» disse il vicequestore dopo aver preso un respiro profondo.

«È fatta cosa?» gli chiese Italo con gli occhi di fuori.

«Habemus papam!». Poi Rocco si infilò il loden, si chiuse la sciarpa intorno al collo, trovò un pacchetto di sigarette nella tasca del cappotto e si affacciò alla finestra.

«Che fai?».

«Boccata d'aria. Cazzo che freddo». Respirò un paio di volte, poi si accese una sigaretta. «Allora, mi serve qualcuno dalla questura. Casella, Antonio, il primo disponibile. Tu vai in procura e aspetta lì un mio ordine».

«Non ci sto capendo niente».

«Chi deve capire sono io. Tu sei bassa manovalanza. Che aria buona» e fece un tiro generoso alla Camel.

Casella citofonò. «Sali, Case'».

«Veramente dotto' non ho fatto il vaccino, ho paura che mi prendo l'influenza».

Rocco scosse la testa. «M'affaccio».

«Come?».

«M'affaccio. Tu prendi appunti».

Si infilò di nuovo loden e sciarpa e aprì la finestra. Casella era lì al centro della piazza, faccia all'insù. «Stammi bene a sentire, Casella. Mi devi cercare l'indirizzo di residenza di Bernardo Seppiè, capace sia a Santhià». Casella scriveva su un pezzo di carta che teneva in precario equilibrio sopra il portafoglio. Un curioso si fermò ad ascoltare. «Signore!» lo richiamò Rocco. «Prego... circolare» il passante preso in contropiede si allontanò di fretta. «Poi Casella fatti dare una mano da Antonio o da qualcuno in questura e vedi se questo signore ha un cellulare. Ce l'ha sicuro».

«Lo devo chiamare?».

«No. Mi porti il numero e basta».

«Ah dottore, quando torna in ufficio?».

«Non lo so. Lo vedi come sto?».

«D'Intino s'è preso la febbre pure lui. Deruta dice se oggi può fare orario corto, che deve andare al panificio dalla moglie».

«Ma che me ne frega. Allora tutto chiaro?».

«Certo».

«Quanto ci metti?».

«Vado in ufficio, venti minuti e le porto...».

«No. Porti tutto a Italo che sta sotto alla procura. Appena fatta la consegna mi chiamate. Chiaro?».

«Lineare». Casella salì sulla bici.

«Ma che sei un metronotte che vai in bici?».

«Il dottore mi ha prescritto un po' di movimento. Solo che me la faccio sotto dal freddo».

«Stai ad Aosta, mica sul Gargano».

«Magari!» urlò Casella alla seconda pedalata.

Passarono due ore di calma relativa, Rocco riuscì anche a vedere un documentario sulle abitudini alimentari degli orsi polari. Erano bravi a cancellare le tracce, a mimetizzarsi nel manto nevoso. Come l'assassino di Donato. Che ha agito la notte prima che nevicasse, pensò, e poi le tracce se ne sono andate già all'alba. Finalmente Italo lo chiamò. «Allora dottore...» se era passato al lei significava che Casella era lì accanto. «Ho tutto. Bernardo Seppiè è ancora residente nella casa del fattaccio, a via Monte Bianco a Santhià. Abbiamo il numero di cellulare. Che dobbiamo fare?».

«Salite da Baldi e date tutto a lui».

«Ci raggiunge?».

«Ho la febbre».

«Lei mente».

«Quindi?» chiese Baldi, che aveva seguito il ragionamento del vicequestore.

«Quindi basta vedere se il numero del cellulare di Bernardo Seppiè si è agganciato la notte di lunedì ad Aosta, alla Valpelline, a Ollomont, vattelappesca qual è la cellula più vicina, in tal caso dirami un ordine di arresto e i miei uomini lo vanno a prendere».

«Cioè lei mi sta parlando di una vendetta?».

«Esatto. A Donato è costato tanto denunciare Bernardo per l'omicidio della bambina, ha perso l'abito perché ha rotto il sigillo sacramentale, ma non ce l'ha fatta a tenerselo dentro. E in fondo lo capisco». Rocco versò la pappa nella ciotola a Lupa.

«Quello è uscito dopo 15 anni...».

«Avrà covato l'odio per tutto quel tempo. Lo sarà andato a trovare per farsi una chiacchierata fra vecchi amici, era un suo parrocchiano, in fondo si conoscevano, no? E io le dico che il vino l'ha portato lui. Ce lo vede un poveraccio spretato che vive in una chiesa sconsacrata che si compra una bottiglia di amarone?».

«No. Direi di no».

«L'ha messo a ninna, poi ha otturato il comignolo, ha dato fuoco alla stufa e ha aspettato. Non poteva immaginarsi che quello si sarebbe svegliato, ma sotto effetto del Flunitrazepam, rincoglionito, è caduto a terra».

«Una vendetta...».

«Esatto, dottor Baldi. Io aspetto notizie, ma sono abbastanza sicuro che sia andata così. Ah, l'ultima cosa, i miei eroici agenti sono ancora lì?».

«Le passo Pierron» sentì l'altro avvicinarsi. «Dica, dottore».

«Italo, state agli ordini del magistrato. In più mi fai un ultimo favore...?».

«Certo».

«Vai su dalla Maddalena Trochein, dille che il quadro lo può tenere. Donato gliel'avrebbe lasciato. Che non provi a venderlo, sennò la portiamo dentro, lo appendesse al muro».

«Ricevuto».

«Grazie di tutto, Italo. Avere la febbre è bellissimo».

«Perché dice questo?».

«Perché è stata la rottura di coglioni di decimo livello più comoda che abbia mai affrontato» e chiuse la comunicazione. Poi fece un fischio. Lupa era già pronta. Si mise il loden, la solita sciarpa, si chiuse bene il petto. «Amore, andiamo a fare la passeggiatina». La cucciola saltava di gioia. «Ma mica perché ti voglio bene. Me sto a sbanca' con quell'avido di Gabriele. I cinque euro ce li beviamo alla nostra salute!». Lupa abbaiò e uscirono diretti al bar di Ettore. Appena misero il naso fuori dal portone stava fioccando. «Buon Natale!» urlò eccitata una sua vicina che rientrava dalla spesa. Rocco grugnì e avanzando con le Clarks nella neve che aveva già formato una glassa sul marciapiede, si perse fra le luci dei negozi e le vie del centro storico, fra l'odore di vin brûlé e di zucchero caramellato, mentre fiocchi gelidi avevano superato lo sbarramento della sciarpa e già si intrufolavano nel colletto della camicia.

Indice

L'anello mancante. Cinque indagini di
Rocco Schiavone

Questo volume è stato stampato
su carta Palatina
delle Cartiere di Fabriano
nel mese di aprile 2018
presso la Leva srl - Milano
e confezionato
presso IGF s.p.a. - Aldeno (TN)

La memoria